DREAMBOOKS★

새빨간 당근 판타지 장편소설
FANTASY STORY & ADVENTURE

붉은여제

dream
books
드림북스

붉은 여제 2

초판 1쇄 인쇄 / 2015년 1월 28일
초판 1쇄 발행 / 2015년 2월 4일

지은이 / 새빨간 당근

발행인 / 오영배
책임편집 / 편집부
펴낸 곳 / (주)삼양출판사 · 드림북스

주소 / 서울시 강북구 도봉로 173, 캠프 6층
대표 전화 / 02-980-2112 팩스 / 02-983-0660
편집부 전화 / 02-980-2116 팩스 / 02-983-8201
블로그 / blog.naver.com/dreambookss

등록번호 / 제9-00046호
등록일자 / 1999년 3월 11일

ISBN 979-11-313-0206-4 (04810) / 979-11-313-0204-0 (세트)

* 지은이와 협의하에 인지는 생략합니다.
* 잘못된 책은 구입한 곳에서 바꾸어 드립니다.

이 도서의 국립중앙도서관 출판시도서목록(CIP)은 서지정보유통지원시스템홈페이지
(http://seoji.nl.go.kr)와 국가자료공동목록시스템(http://www.nl.go.kr/kolisnet)에서
이용하실 수 있습니다. (CIP제어번호: 2015002540)

새빨간 당근 판타지 장편소설
FANTASY STORY & ADVENTURE

붉은여제

2

dream
books
드림북스

목차

붉은여제

제1장

은랑 레비나스

『수천 년의 세월이 흘러 전설이나 신화로만 남은 이야기들이 잔존했다. 미물들은 과거 자신들이 경외해마지 않았던 위대한 존재들을 기렸다. 그 위대한 존재 중 은빛 늑대 레비나스는 무료함을 즐기지 못하는 성수였다. 유리 그림자 산맥은 그의 집이었으나 즐거움 따위는 없었다. 오히려 그 아래 세상이 재미있었다.』

그것은 새하얀 어둠이었다.

종소리의 울림이 점점 격해짐을 인지했을 때 하늘은 보이지 않았다. 차갑다 못해 냉혹한 눈덩어리가 세상을 뒤덮었다.

황급히 유지니가 메를리니의 앞을 보호했다. 그러나 그건 무의미한 저항일 뿐이었다.

메를리니의 눈동자가 가려지는 시야 사이로 무언가를 포착했다. 저 멀리 산등성이에 어떤 늑대가 서 있음이 보였다. 눈처럼 하얀 털을 가진 늑대였다. 덩치는 원근감이 무시될 만큼 거대했다.

'레비나스……?'

눈사태라는 자연재해 앞에 그들은 너무도 나약했다. 새하얀 파도에 쓸려 내리듯 일행은 뿔뿔이 흩어지고 말았다.

눈사태에 뒤덮이고 얼마나 지났을까.

눈덩이를 헤치며 자빌이 얼굴을 내밀었다. 얼어붙은 머리카락을 털어 내며 겨우 정신을 차렸다. 상반신까지는 나올 수 있었지만 허리 밑으로는 빠져나오기가 힘들었다.

저벅저벅, 누군가가 걸어오는 소리가 들렸다.

자빌은 희미한 눈빛으로 정면을 주시해 봤다. 처음 보는 사내였다. 그도 눈사태에 피해를 입었는지 몸 이곳저곳이 눈으로 엉망이었다.

자빌이 어설프게나마 웃으며 말을 걸었다.

"거…… 거기 누구요? 좀 도와주시오."

"도와주면 내게 이득 되는 것이 무엇입니까?"

"그건…… 일단 도와만 주시면 나도 뭔가 보답을 해드리겠소."

"구해 줬는데, 알고 보니 산적이었다든가."

자빌이 움찔했다.

지금은 왕태자비를 지켜 준다는 명목 하에 움직이고 있었으나, 결국 그 본질은 산적이 맞았다. 엄연히 민간인에게는 위험의 대상이었다. 자빌은 우물쭈물 뭐라 말도 못했다.

정적만이 감돌았다.

"역시 유리 그림자 산맥의 은빛 이빨인 건가."

사내의 혼잣말이었다.

그 말을 들었을 때 자빌은 아차, 싶었다. 자신이 은빛 이빨이라는 정체를 알고 있는 자가 이 시점에 이곳에 있다는 것이 문제였다.

"……누구냐?"

"테르 치펠로."

"……이름을 물어본 게 아니잖아."

"아니. 이름을 들어야 했어. 죽기 전 마지막으로 듣는 이름일 테고. 무엇보다도 너를 죽이는 자의 고귀한 이름이니까 말이야."

"뭐, 뭐라…… 커억."

테르의 소태도가 자빌의 목을 긋고 지나갔다. 차가운 칼날의 끝자락에는 붉은 선혈만이 남았다. 자빌은 부릅뜬 눈 그대로 숨을 거뒀다.

테르는 눈을 한 줌 쥐어서 소태도에 묻은 피를 닦아냈다.

그쯤 산자락 저 밑에서 사람들의 목소리가 들려왔다. 구조를 요청하는 목소리였다. 음성 중에 여자의 것이 섞여 있었다.

＊　　　＊　　　＊

"도와주세요! 누구 없어요!"

"여기 도움이 필요합니다!"

한스는 목청이 터져라 외쳤다. 그는 카르디스가 아끼는 부하였다. 은빛 이빨 사이에서는 통칭 인자한 아저씨였다. 선해 보이는 인상만큼이나 성격도 착해서 붙여진 별명이었다.

이미지 때문인지 이번 여정에서도 가장 중요한 음식보따리를 맡았었다. 낭떠러지 밑으로 보따리를 잃어버리긴 했지만.

그래서 다른 이들보다 더 책임감에 시달렸다. 어떻게든 이 부담감을 떨쳐내고 싶었다. 왕태자비, 유지니와 함께 무리에서 떨어져 나오게 된 것은 행운이었다. 그는 왕태자비를 무사히 은랑에게 데려감으로써 자신에게 스스로 안도감을 안겨주고 싶었다.

메를리니와 유지니는 조심스럽게 발을 내디디며 한스를 뒤따랐다.

그들은 수시로 구조를 요청하는 것도 잊지 않았다.

얼마간을 계속 걷다가, 어느 순간 이동이 멈췄다.

유지니가 정신을 가누지 못하고 쓰러진 것이다. 그동안의 피로와 눈사태에 따른 피해가 결정적이었다. 유지니의 몸은 부글부글 끓는 고열로 엉망이었다.

한스가 주변에서 풀떼기를 구해와 먹여봤지만 그다지 효과는 없었다.

유지니가 가쁜 숨을 몰아쉬며 말했다.

"저는 괜찮아요."

"괜찮다니…… 몸이 난로처럼 뜨거운걸."

"그렇습니다. 이대로라면 병이 더 깊어질 수 있습니다. 감기야말로 진짜 무서운 질병입니다."

둘의 걱정에 유지니는 힘겹게 웃어 보였다.

"마마의 미래와, 은빛 이빨의 안전이 우선이에요."

한스는 애써 고개를 돌리며 침묵에 잠겼다. 자신이 들고 다녔던 짐에는 약초도 들어 있었다. 내심 짐을 잃어버린 자신이 원망스러웠다.

"왕태자비님, 여기서 기다리고 계십시오. 제가 약초를 구해오겠습니다."

메를리니는 대답 대신 고개를 끄덕였다.

한스는 다시 앞으로 나아갔다. 열을 내리는 데 필요한 약초를 찾아야만 했다. 모든 난제가 다 자기 탓이라는 기분이 들었다.

그런 탓인지 그는 오로지 약초를 찾는 것에만 주력했다. 눈으로 뒤덮인 땅에서 풀을 찾아내는 건 모래사장에서 바늘 찾기였다. 하지만 시선은 아래에서 떨어질 줄을 몰랐다. 그게 화근이 될 줄도 모르고.

빠각!

거친 발차기가 안면에 박혔다.

눈 더미에 파묻힌 한스는 고개를 흔들며 일어났다.

"……."

그리고 간신히 정신을 차려 앞을 쳐다봤다.

눈앞에 엄청난 덩치의 사내가 의기양양하게 서 있었다. 딱 봐도 그냥 지나가는 행인은커녕 같은 편도 아니었다. 사내는 연신 실실거리며 날이 두꺼운 도끼를 만지작거렸다.

한스는 돌아왔던 길로 고개를 돌렸다.

"도망치십시오!"

쩌걱!

도끼의 두터운 그림자가 한스를 덮쳤다.

*   *   *

위기와 절망에 사로잡혔다는 말은 이런 상황을 두고 하는 게 아닐까.

아니 이런 열악한 상황은 전에도 한 번 겪어봤다. 죽음의 문턱에 다녀온 적이 있었다. 그곳에서 원망의 단검을 꺼내고 돌아온 그녀였다.

메를리니의 표정은 얼어붙은 채였다. 파르르 떠는 눈초리로 상대를 노려봤다. 종소리가 거칠게 울리고 있었음에도 두려움 따위는 가지지 않았다. 더 이상 예전의 그 나약한 여성이 아니었다.

"누구의 사주로 찾아온 녀석이냐."

"으음? 만약 그런 대사를 듣게 되면, 굳이 대답해 주지 말라고 했는데."

아마딘은 입술을 씰룩거리며 도끼를 서서히 내려놓았

다.

메를리니는 보듬어 안고 있었던 유지니를 뒤로 물렸다. 그러면서도 시선만큼은 떼지 않았다. 상대의 움직임에 언제든 반응할 수 있도록.

"건방진 입을 가진 놈이로구나."

"그게 내 자랑거리지. 이 입이 없으면 내 존재가치가 떨어진달까."

메를리니는 하, 헛웃음을 내쉬었다.

"사람을 웃기는 재주도 있구나."

"어어. 나를 너무 자극하지는 말아. 이런 외지에선 왕태자비나 나나 똑같은 인간일 뿐이라고. 호위병 하나 없는 여자가 뭘 믿고 입을 나불대시는 거야."

아마딘은 콧구멍을 파며 한껏 여유를 부렸다. 땅 위에 내려놓은 도끼는 쥘 생각조차 없어 보였다.

메를리니는 자존심이 몹시 상했지만, 지금 그녀에게는 시간을 버는 일 외에 선택지가 없었다. 슬그머니 품에서 단검을 쥐려는데, 유지니가 가냘픈 몸을 이끌고 앞으로 나섰다.

유지니는 메를리니의 손을 뿌리치고 아마딘과 대면했다. 이내 그녀는 양손에 단도를 쥐고 아마딘을 노려봤다.

아마딘은 능글맞게 웃었다.

"어라라. 어이, 뭐야? 뭐냐고."

유지니는 몸도 제대로 가누지 못했다. 그랬음에도 걸음을 멈추진 않았다.

"아, 젠장. 나는 다 죽어가는 꼬마를 죽이는 취미는 없어."

아마딘은 안절부절못하더니 이내 뒷걸음질 쳤다. 유지니가 한 발자국 내디딜 때마다 한 걸음 뒤로 물러났다.

자신이 몇 발자국 물러났다는 것을 인지했을 때 아마딘은 불쾌감에 휩싸였다. 그 어떤 적도 자신을 이렇게 물리게 한 적이 없었다. 그는 곧 이성을 잃고 무기를 휘둘렀다.

"제길! 짜증 나게!"

도끼가 큰 포물선을 그리며 유지니에게로 향했다.

메를리니가 뭐라 소리치기도 전에 일은 벌어졌다.

아마딘의 도끼가 유지니의 머리에 닿기 전 멈췄다. 허공에서 정지한 도끼의 날이 떨려 왔다. 덩달아 아마딘의 손에까지 진동이 전해져왔다.

"……뭐 하는 놈이냐?"

"이런 걸 감정이라고 하는 건가."

"뭐라고 지껄이는 거야?"

아마딘은 도끼를 도로 끌어당기려 했으나 마음대로 되지 않았다.

오른손으로 도끼날을 잡고 있던 르나이아가 왼손으로 유지니의 이마를 어루만졌다. 횃불처럼 뜨거웠다. 어느새 메를리니가 다가와 유지니를 데리고 안전한 곳으로 피했다.

르나이아가의 무표정한 얼굴이 아마딘으로 향했다.

"재미있어."

"이 자식. 아까부터 뭐라는 거야."

둘은 도끼를 두고 얄팍한 힘겨루기를 나누었다.

하지만 손잡이를 잡고 있는 쪽이 유리하다는 건 누가 봐도 뻔했다. 그 유리한 위치에 있었음에도 지고 있는 쪽은 아마딘이었다.

굴욕적이었다.

아마딘은 오늘 하루 두 번의 수치를 맛본 셈이었다. 다 쓰러져 가는 여자애에게 의지에서 밀렸던 점. 근육 하나 없어 뵈는 기생오라비 같은 놈에게 힘에서 밀리고 있다는 점.

"제기랄!"

아마딘이 도끼를 양손으로 쥐었다. 더 이상 정정당당하

게 하겠다는 마음 따위는 없었다. 어떻게든 눈앞에 서 있는 적들을 도륙하는 것. 오로지 그것만이 목적이 되었다.

"아아, 어리석구만."

르나이아가는 도끼를 쥐고 있던 손을 놓았다.

갑자기 손을 놓자, 일순간 온힘을 주었던 아마딘은 중심을 잃고 휘청거렸다.

그 틈을 놓치지 않고 르나이아가가 아마딘의 품으로 파고들었다.

"어리석어."

빡!

르나이아가의 주먹이 세찬 소리를 자아내며 아마딘의 복부에 꽂혔다.

"커억."

한 방의 강대함.

왜소한 체격에서 빚어진 공격이 맞나 싶을 파괴력이었다.

'미친. 판갑옷을 짓눌러버리다니…….'

아마딘은 이게 현실이 아니라 생각했다. 갑옷을 입은 자의 복부를 아찔하게 할 정도라고? 게다가 그 피해를 입은 자가 아마딘 지르케트라고?

"이건 정상이 아니야! 젠장!"

수많은 적병들에게 둘러싸여도 긴장하지 않았다. 오히
려 더 많이 죽일 수 있다는 흥분의 도가니에 빠져들었던 자
신이었다.

그랬던 자신이 지금 공포와 비슷한 감정을 느끼고 있었
다. 더 이상의 오류는 있어선 안 됐다. 격분한 도끼가 힘차
게 올랐다가 르나이아가에게 내리찍어졌다.

쩌저적!

도끼가 눈을 뚫고 지면에 박혔다.

아마딘은 당연히 이겼으리라 생각하고 실실거렸다. 그
웃는 면상 그대로 고개가 젖혀졌다. 하지만 어느새 바짝
밀착해 온 르나이아가의 발차기가 연속적으로 안면에 꽂혔
다.

"개자식! 적당히 까불어!"

아마딘은 일부러 르나이아가의 공격을 맞아주고는 바로
반격에 나섰다. 피해를 감수하면서 날린 아마딘의 공격은
르나이아가의 허를 찔렀다.

르나이아가는 미처 공방전환을 마무리 못하고 아마딘의
공격을 허용해 버렸다.

안면과 가슴에 각각 한 방씩 모두 가볍지 않았다. 특히

가슴께의 피해는 갈비뼈에 금이 갈 정도였다. 충격이 꽤 컸는지 르나이아가는 뒤로 물러나며 고개를 흔들었다.

이때다 싶었던 아마딘이 르나이아가의 안면을 향해 발길질을 날렸다. 바람 소리를 뭉개버릴 듯 세찬 발차기였다.

"느려."

르나이아가는 한 끗 차이로 아마딘의 발차기를 피했다. 그리고 동시에 품으로 파고들었다.

빠각!

르나이아가의 주먹이 아마딘의 턱을 날려 버렸다. 아마딘에게는 뒤로 주춤할 여유조차 없었다. 뒤이어 매서운 공격이 차례차례 아마딘을 가격했다. 인정사정없는 맹공에 아마딘은 버텨 내지 못했다.

"제, 제기랄……."

아마딘은 큰 덩치를 포개며 눈 바닥에 쓰러졌다.

르나이아가는 엎어진 아마딘을 뒤로하고, 메를리니와 유지니에게 다가갔다.

"괜찮아?"

"덕분에. 당신은 괜찮아?"

"조금 아프지만 괜찮아."

"그럼 염치불구하고 유지니를 맡겨도 되려나."

메를리니는 유지니를 르나이아가의 등에 업히게 했다. 종이 울렸다면 당장에라도 단검을 빼 들고 경계했겠지만, 종은 조용했다. 어떤 식으로든 르나이아가는 위험한 적이 아니었던 것이다.

"내가 약초가 있는 곳을 알고 있어. 따라와."

르나이아가는 유지니를 업은 채 내달렸다. 배려를 한 것인지 메를리니의 속도에 맞춰 주었다.

그들의 발소리가 더 이상 들리지 않을 즈음…….

아마딘은 간신히 숨을 몰아쉬며 정신이 들었다. 그는 갑주 안에 숨겨두었던 신호탄을 꺼내 하늘 위로 쏘아 올렸다.

일직선으로 뻗어 올라간 신호탄이 하늘에서 펑! 하고 터졌다. 노란 빛 덩어리가 주변을 일렁였다.

* * *

"아마딘이 당한 건가. 일개 도적단에 아마딘을 쓰러트릴 능력자가 있었다니 놀랍군. 나도 조심할 필요가 있겠어."

말은 그렇게 했지만 행동까지 조심스럽지는 않았다. 임무가 틀어질지도 모른다는 우려에 그의 행동은 오히려 대담해졌다. 은빛 이빨의 단원들을 만나는 족족 죽여 버렸다. 한 치의 인정도 없는 칼질을 일삼았다.

"사, 살려 주시오."

"걱정 마라. 곧 네 동료들도 보내줄 테니."

하나…… 둘…… 셋까지 죽이고 누가 더 있나 찾아다녔다.

이윽고 다른 한 명을 발견하고는 몰래 미행했다. 다른 동료나 왕태자비가 있는 곳을 알지도 모른다는 막연한 생각 때문이었다. 하나 그 또한 별다른 답이 나오지 않자 목숨을 뺐었다.

테르는 다음 목표물을 찾아 헤맸다. 방황 끝에 새로이 선정된 것은 카르디스였다.

왕태자비는 물론 동료들하고도 소식이 끊긴 카르디스는 어떻게 해야 할지 갈피를 못 잡는 중이었다. 그가 같은 자리를 맴돌며 쉽사리 결정을 내리지 못했음에도 테르는 공격하지 않았다.

두 가지 이유가 있었다.

하나는 지금껏 죽여 온 네 사람과 달리 카르디스의 실력이 꽤 출중해 보였다는 것이었고, 다른 하나는 카르디스가 유일한 희망인 탓이었다.

적어도 유리 그람자 산맥에 대해선 테르 자신보다 잘 아는 게 분명했다. 무엇보다 이 산행의 목적도 알고 있었다. 즉, 왕태자비와 어디서 만날지 안다는 점이 중요하게 부각됐다. 그 어림짐작은 적중했다.

이윽고 카르디스는 고민을 털어 버리고 산행에 올랐다. 테르도 카르디스의 뒤를 몰래 밟으며 천천히 산길을 올라갔다.

그렇게 얼마를 걸었을까.

서서히 목적지가 보이기 시작했다.

가파른 오르막길을 따라 올라가자 동굴 하나가 웅장한 모습을 드러냈다. 동굴입구는 야생 곰이 벌떡 서도 천장에 공간이 남을 법한 높이었다. 옆으로는 곰 세 마리가 누워야 공간이 찰 것만 같았다.

테르는 불현듯 설산의 왕에 대한 소문이 떠올랐다. 새하얀 털로 미루어보면 백랑이라 불려야 했는데, 마치 그 털이 은처럼 빛난다 하여 은랑이라 불린다는 늑대의 이야기.

처음 그 이야기를 들었을 때만 해도 가당치도 않다며 비웃었다. 유리 그림자 산맥을 올랐을 때만 해도 은랑에 대한 우려는 털끝만치도 없었다.

"뭐야……."

어안이 벙벙했다. 테르는 눈을 부비며 다시 쳐다봤다.

"저게 늑대라고……?"

동굴입구가 좁아 보일 지경이었다. 곰 몇 마리가 들어가도 거뜬할 동굴입구가 협소하게 느껴질 거대함이 테르의 눈을 적셨다.

올곧게 튀어나온 주둥이에 뾰족하게 삐져나온 귀, 다소 뭉툭한 발톱, 복슬복슬한 하얀 털로 미루어 보아 늑대는 확실했다. 집체만한 덩치만 아니라면 당연히 늑대라고 생각했을 것이다.

"소문은 부풀려지는 법이라고 여겨 왔는데…… 오늘 그 관점이 반대일 수 있다는 걸 깨닫게 해 주는구나. 은빛 이빨 도적단의 이름은 저 늑대를 따서 만든 것이었나. 그렇담 저 녀석과 은랑이 관련이 있다는 것인데…… 이래저래 골치로군."

테르는 머리를 긁적이며 한숨을 내쉬었다.

한편 카르디스는 은랑에게 다가가 정중히 절하고 있었다.

"은랑 레비나스 님, 무지하고 또 무지한 인간이 인사 올립니다."

레비나스는 고요한 눈동자를 내리깔며 카르디스를 쳐다

봤다. 붉은 눈동자는 가히 눈빛만으로 상대를 제압해버릴 듯 강렬했다.

카르디스는 본능적으로 몸을 움츠렸다.

레비나스가 짙은 눈썹을 깜박거리더니 곧 무거운 입을 열었다.

"나를 추종하기 위해 영원의 맹세를 나눈 자여, 무슨 일로 나를 찾아왔느냐."

"……실은 제가 아니라 다른 자가 레비나스 님을 만나 뵙기를 원하고 있습니다."

"붉은 머리의 여인을 말하는 것이냐."

"예……? 어찌 아셨습니까?"

"멀리서 보았다."

"아…… 그러시군요."

괜스레 머쓱해진 카르디스는 머리를 긁적거렸다.

레비나스가 넌지시 웃었다.

"그보다 꼬리에 불필요한 것을 달고 왔구나."

레비나스의 맹렬한 눈빛이 카르디스를 지나 저 뒤편으로 향했다. 그 매서운 시선을, 나무 뒤에 숨어 있었던 테르가 느끼지 못했을 리 만무했다. 결국 테르는 압박감을 이기지 못하고 모습을 나타냈다.

*　　*　　*

돌멩이로 약초 잎사귀를 으깨서 얼음을 녹인 물에 섞었다. 연녹색을 띠는 물 위에 덜 갈아진 이파리가 둥둥 떠다녔다.

그릇이 없던 지라 약초액을 손에 담아서 유지니의 입에 넣어주었다. 아찔한 쓴맛에 유지니의 몸이 아련히 떨렸다.

메를리니는 파랗게 물든 손을 눈으로 닦아냈다. 그녀는 다시 길을 재촉하려는 르나이아가를 지그시 쳐다봤다.

"당신은 누구야?"

"르나이아가."

"이름은 벌써 열 번은 더 들었어. 내가 궁금한 건 당신의 정체야. 도대체 유리 그림자 산맥을 홀로 배회하고 있었던 이유가 뭐야? 진짜 르보리아 왕국의 사람이긴 한 거야?"

르나이아가는 대답하지 않았다.

메를리니가 다시 물었지만 대답은 돌아오지 않았다. 이런 대화가 처음은 아니었다. 메를리니는 계속해서 물어봤고, 르나이아가는 이름을 말해 줬을 뿐이었다.

"질리지도 않나. 그만 물어보고 잘 따라오기나 해."

르나이아가는 은빛 늑대가 어디에 살고 있는지 알고 있다며 자신만 따라오라고 했다. 그는 메를리니의 속도에 맞춰준답시고 달리지 않고 걷기만 했다.

그래도 메를리니는 그의 순보를 따라잡지 못하고 몇 번이고 뒤처졌다. 그럴 때면 르나이아가가 돌아와 좀만 쉬었다 가자며, 근처에서 약초를 더 구해 왔다.

메를리니는 눈덩이를 묻혀서 땀으로 흥건한 몸을 식혔다.

"그건 그렇고. 약초가 어디에 있는지도 잘 알면서, 어제는 왜 배탈이 나는 풀을 뜯어온 거야? 정말 우리를 골탕 먹이려고?"

르나이아가는 뭐라고 대답할지 고민하더니 곧 입을 열었다.

"그때 너희가 먹은 풀은 단순한 풀떼기가 아니었어. 왕의 녹초라고 불리는 거야. 유리 그림자 산맥에서만 나는 특별한 식물이지. 조금이라도 섭취하면 몸에 힘이 불끈 솟아야 정상이야. 나는 지금까지 그걸 먹으며 기력을 회복해 왔어."

"왕의 녹초?"

메를리니는 어릴 적 식물도감에서 그 명칭을 봤던 기억

이 났다. 추운 지방에서만 자라는 도르리라는 식물이었다. 왕의 녹초라고 불렸던 이유는 순간적으로 기운을 북돋아주는 영능에 따른 거였다.

그러나 그것은 어디까지나 일시적인 힘일 뿐. 본문 끝자락 주의할 점에는, 심하면 인간을 죽게 만들 수도 있다는 사항이 기재돼 있었다. 그래서 절대로 인간에게는 먹이지 말라고…….

"당신…… 그걸 계속 먹어왔다고?"

"어. 하루에 한 번은 꼭 먹고 있어. 아침식사랄까."

"……."

점점 더 정체가 궁금해졌다. 르나이아가의 행동거지는 온통 의문투성이였다.

애초에 그는 어떤 목적으로 유리 그림자 산맥을 오르고 있는 것일까. 몇 번 올라봤다는 은빛 이빨의 단원들도 몇 날 며칠을 고생해야 하는 산을.

도끼를 들고 덤벼들었던 거한을 손쉽게 쓰러트렸던 걸 보면 보통내기도 아니었다. 겉모습만 보면 영락없는 약골이었지만 행동거지는 여느 훈련된 용병 못지않았다.

'종목걸이가 조용한 걸 보면 적이 아님은 확실한 것 같은데…….'

이리저리 계산을 해 봐도 좀처럼 그것만으로는 안심이 되지 않았다.

"르나이아가, 르보리아 왕국은 어떤 곳이야?"

"나야 모르지."

"르보리아 왕국에서 온 거 아니었어?"

"북서쪽에서 왔다고 했지."

"그거야 그러네. 하지만 이 근처에서 북서쪽에 있는 나라는 르보리아밖에 없어."

메를리니는 집요했다.

르나이아가는 귀찮다는 듯 대충 얼버무렸다.

"그럼 그런가 보지 뭐."

"정말 성의가 없네. 진지하게 대답해 줄 의향은 없는 거려나."

"어. 질문거리는 그만 생각하고 앞이나 둘러봐."

"앞에 뭐가 있다고 그래?"

메를리니는 르나이아가를 지나쳤다. 그리고 바로 뒷걸음질로 물러섰다.

회색 늑대 열댓 마리가 으르렁거리며 어슬렁대고 있었다. 먹잇감을 찾은 것에 흥분했는지 침을 질질 흘리는 중이었다.

두목늑대가 신호만 하면 바로 달려들 것처럼 보였다. 천천히 다가오는 늑대들의 걸음에 맞추듯 메를리니의 심장이 쿵쾅거렸다. 가슴을 진정시키며 서 있는데…… 웬걸.

"르나이아가?"

르나이아가가 앞으로 발걸음을 옮겼다. 행동에 두려움이 서린 군더더기 따윈 전혀 없었다. 일단의 싸움으로 그가 강하다는 것쯤은 메를리니도 잘 알고 있었다. 그래도 상대는 야생의 늑대들이 아닌가.

르나이아가는 살며시 메를리니를 향해 돌아봤다. 입가에 부드러운 미소가 걸려 있었다.

"괜찮아."

저벅저벅, 르나이아가는 천천히 늑대들에게 다가갔다. 그러자 늑대들은 본능적으로 몸을 움츠렸다. 몇 마리는 꽁무니가 빠지게 도망치기도 했다.

'어째서?'

메를리니의 뇌리에 스쳐 간 의문이었다.

마지막 한 마리까지 줄행랑을 친 뒤에야 메를리니는 조심스럽게 르나이아가의 옆으로 다가왔다.

"인간이야?"

"누구? 나?"

"그래. 당신."

"비밀이야."

르나이아가는 빙그레 웃으며 등에 업혀 있던 유지니의 상태를 살펴봤다. 가쁘게 내쉬던 숨이 많이 나아져 있었다. 마치 편안하게 잠든 모습 같았다. 얼마 지나지 않아 유지니의 눈꺼풀이 살며시 뜨였다.

"아……."

유지니는 자신이 누군가에게 업혀 있다는 걸 인지했다. 그리고 그 등짝의 주인이 누구인지 아는 데는 그리 오랜 시간이 걸리지 않았다.

"일어났나 보네."

르나이아가의 목소리를 듣자마자 유지니는 부끄럽다는 듯 얼굴을 붉혔다. 그녀는 르나이아가의 등짝에 얼굴을 파묻고 눈을 질끔 감았다.

생전 처음이었다. 아버지를 제외한, 다른 누군가의 등에 업힌다는 것은. 심지어 어머니의 보살핌조차 받지 못한 채 자랐으니까.

"몸 상태는 좀 어때?"

유지니는 머리를 들지 않은 채 작게 속삭였다.

"……괜찮습니다."

"그럼 다행이고. 이봐, 여자애 깼어."

"나도 봐서 알고 있어."

메를리니는 유지니의 머리를 부드럽게 쓸어주었다.

"괜찮아?"

"……네. 이제 혼자 걸을 수 있습니다."

"아니야. 다 낫기 전까지는 허락하지 않겠어. 르나이아가는 좀 더 고생해야 한다고."

"얼씨구. 누가 보면 우리가 엄청 친한 사이인 줄 알겠군."

"그래서 유지니를 내려놓겠다는 거야?"

르나이아가는 고개를 갸웃거리다가 웃어재꼈다.

일행은 갈림길을 지난 뒤, 짧은 내리막길을 따라 내려갔다. 그리고 조금 가파른 오르막길을 올랐다.

꽤 긴 시간 동안 걸어 다닌 셈이었다. 도대체 얼마나 더 가야 은랑의 보금자리에 도착하는 걸까? 연신 투덜거리던 메를리니의 걸음이 멈췄다.

오르막길을 다 오를 즈음.

르나이아가가 천천히 걸음을 내디디기 시작했다. 저 건너에서 맹수의 울음소리와 쇳소리가 미묘하게 섞여 들려왔다.

얼굴을 빼꼼 내밀고 살펴보니 거대한 늑대와 어떤 사내가 치열하게 싸우고 있었다. 그 장면만으로도 경악할 노릇이었으나, 지금 메를리니와 유지니는 그런 것에 신경 쓸 시점이 아니었다.

두 사람은 르나이아가의 몸에 일고 있는 변화에 집중했다. 옷 사이로 검은 털이 삐져나오기 시작했다. 등에 업혀 있던 유지니는 털 뭉치에 잠길 지경이었다. 인간의 털과는 사뭇 달랐다. 아까 전에 마주쳤던 회색 늑대들의 것과 비슷했다.

"왕태자비."

르나이아가의 귀가 뾰족하게 자라났다.

"내 정체가 궁금하다고 그랬지?"

이제는 얼굴 주변에도 조금씩 검은 털이 엿보였다.

"내 이름은 르나이아가. 검은 늑대 르나이아가."

손톱이라고 하기엔 너무 굵고 길었다. 맹수의 발톱에 가까웠다.

"은랑 레비나스의 아들이다."

*   *   *

"뭐 저런 인간이……."

카르디스는 자신의 눈을 의심했다.

테르의 움직임은 상식을 넘어섰다. 신기하다고 느껴질 정도로 빠른 움직임이었다. 간발의 차이로 레비나스의 묵직한 공격을 피하고 있었다.

결코 레비나스가 느려서가 아니었다. 만약 카르디스가 레비나스와 싸웠다면 두 번을 채 못 버텼을 것이었다.

그런 매서운 공격을 테르는 수차례 넘기고 있었다. 더군다나 테르는 반격도 성공시키는 중이었다. 여러모로 상상을 초월하는 사내임이 분명했다.

"인간이여, 제법이구나."

"당신도 대단하군."

"하나 이런 작은 생채기로는 나를 쓰러트릴 수 없다."

"확실히 그런 것 같군."

테르는 가볍게 몸을 놀리며 레비나스의 몸 이곳저곳에 상흔을 남겼다. 그럼에도 레비나스는 좀처럼 움직임이 더뎌지지도 않았다.

만약 테르에게 아마딘과 같은 완력이 있었다면 가능했겠지만 그는 어디까지나 숙련된 암살자였다. 강한 한 방보다는 작은 여러 방을 추구하는 자였다. 이래저래 레비나스의 매서운 공격을 피하면서 강타까지 날리기엔 버거웠다.

테르는 점점 숨이 가빠왔다. 상황이 긴박한 만큼 승부수를 띄어야 했다. 머리를 숙여서 레비나스의 앞발치기를 피했다.

"이거나 먹으라고."

테르가 눈 아래 흙을 한 줌 쥐어서 레비나스의 눈에 뿌렸다. 시야가 가려진 레비나스는 주춤하며 뒤로 몇 발자국 물러났다.

그 순간을 놓칠 새랴 테르가 레비나스의 품으로 파고들었다. 몸에 추진력을 이용해 레비나스의 목덜미에 검을 꽂아 넣을 심산이었다.

"끝이다. 고대의 늑대."

테르의 인기척을 느낀 레비나스가 마구잡이로 발을 휘둘렀지만 헛손질로 끝났다. 테르는 빠르게 치고 들어갔다. 레비나스의 목 바로 아래까지 다다르자 그대로 도약했다.

그때였다.

검은 빛? 한순간 테르의 머릿속에 감돈 시각적 느낌이었다.

검은 늑대가 레비나스와 테르의 사이에 파고들어왔다. 늑대는 테르의 공격을 튕겨 내고는 그대로 테르를 덮치려

했다.

테르는 본능적으로 몸을 돌려 늑대의 공격을 피했다.

"검은 늑대라…… 그리고 목표물의 등장이신가."

테르는 숨을 조절하며 카르디스 쪽으로 고개를 돌렸다. 카르디스의 옆으로 메를리니가 서 있었다. 유지니도 몸이 꽤 나아졌는지 카르디스에게 기댄 채 두 늑대와 테르를 지켜보고 있었다.

테르는 다시 두 늑대에게로 시선을 돌렸다.

은랑 레비나스와 검은 늑대.

곰보다도 더 큰 덩치의 은랑은 말할 것도 없었지만, 옆에서 눈을 부라리고 있는 검은 늑대도 만만치 않았다. 일반 늑대보다 두 배가량 큰 늑대였다.

거기다 방금 자신을 상대했을 때의 재빠른 움직임은 은랑에게 부족한 면을 보완해 주기에 충분했다. 결국 선택할 요소는 애당초 목표였던 왕태자비를 치는 거였다.

테르는 정면을 경계하면서 은근슬쩍 메를리니 일행이 있는 쪽으로 발돋움을 할 준비를 갖췄다.

"크왕!"

테르가 미처 메를리니에게 뛰어들기도 전에, 검은 늑대 르나이아가가 테르에게 덤벼들었다. 르나이아가의 공격은 역시나 빠르기가 대단했다.

호흡 조절에 문제가 생긴 테르는 르나이아가의 공격을 막는 것도 버거웠다. 결국 그는 최후의 수단으로 르나이아가의 입에 자신의 왼팔을 내주었다.

르나이아가의 턱 힘이 대단했던 게 오히려 행운이었다. 테르는 잘려 나간 왼팔을 버리고 메를리니에게 달릴 수 있었다. 팔을 물고 있으나 잠시 본성에 잠겼던 르나이아가는 그만 테르를 놓치고 말았다.

테르가 쏜살같은 움직임으로 메를리니에게 검을 찔러 넣었다.

그 순간, 카르디스가 메를리니를 밀쳐 냈다.

푸슉—

테르의 시퍼런 검이 카르디스의 가슴팍에 박혔다.

"쿨럭…… 미안하지만 이분은 아직 죽어선 안 돼서 말이야……."

카르디스는 피를 토해 내면서도 테르의 검을 붙잡고 놓아주지 않았다.

"제길! 놔라! 이, 이대로는……."

어쩔 수 없이 테르는 검을 버리고 뒤로 물러났다.

그때 르나이아가가 맹렬한 기세로 테르를 덮쳤다.

지칠 대로 지친 테르에게는 반격할 기운도 남아 있지 않았다. 그렇게 테르는 르나이아가에게 죽음을 맞이했다.

테르의 숨을 앗아간 르나이아가는 다시 인간의 모습으로 변했다. 자신의 앞에서 벌어지고 있는 상황을 지켜보기 위해선 인간의 모습이 나을 것 같았다.

메를리니와 유지니는 카르디스를 가지런히 눕혀주었다. 이미 살아날 가망은 없어 보였다. 검이 심장을 스쳐간 데다가 출혈이 너무 심했다. 그래도 메를리니는 그를 이렇게 보내고 싶진 않았다.

"카르디스! 죽으면 안 돼요! 제발!"

"하아…… 왕태자비님…… 저는 이미 늦었습니다…… 쿨럭."

카르디스는 숨을 가다듬고 말을 이었다.

"왕태자비님…… 당신을 향한 믿음 끝까지 간직해도 되겠지요……?"

"그 믿음 헛되이 하지 않겠어요."

"감사합니다…… 그럼 저도 이제 미련 없이 가겠습니다……."

"……네, 가시는 길, 무탈하시기를."

카르디스의 얼굴은 희미하게 미소를 남기며 멈췄다.

메를리니는 카르디스의 눈을 감겨주고 마음을 정리했다. 자신이 직접 카르디스를 묻어주고 싶었지만 지금은 그보다 우선되는 것이 있었다.

천천히 한 걸음씩. 르나이아가를 지나쳐 레비나스 앞에 멈춰 섰다.

"처음 뵙겠습니다. 은랑 레비나스."

"카르디스로부터 이야기는 들었다. 그대가 은빛 이빨을 묶고 있던 오랜 제약을 풀어준다고 공언한 왕태자비인가."

"네. 메를리니 폰 루티아라고 합니다. 크네베 강의 가호를 받는 크닐베이라 가문의 여식이기도 합니다."

"나와 크네베 강이 소소하게나마 연이 닿아 있다는 걸 알고 있구나."

"네. 그 고귀한 축복에 감사하는 바입니다."

레비나스는 카르디스를 묻어주고 있던 르나이아가를 흘끗거렸다.

"내 아들이 신세를 진 것 같더구나. 그리고 나를 따르고 있는 은빛 이빨의 아이들도."

"신세는 제가 졌지요. 그들 모두의 도움이 없었다면 여기까지 오지도 못했을 겁니다. 당신과 만날 수 있게 해 준 그들 모두에게 감사하는 바입니다."

"네가 진정 감사하고 있는지는 네 머릿속을 들여다보면 알게 되겠지."

레비나스는 차분히 눈을 감았다. 그가 뭐라고 속삭이자 그의 모습이 르나이아가처럼 인간의 모습으로 변했다. 백발이 무성한 중년의 사내였다. 살짝 주름진 얼굴 앞으로 은빛 머리카락이 휘날렸다.

메를리니는 레비나스의 것과 같은 머리카락을 언제고 본 적이 있었다. 은빛 이빨의 여두목 이르에의 머릿결도 보일 듯 말 듯한 은빛이었다.

"아들도 변할 수 있는 걸 애비가 하지 못한다면 말이 안 되겠지. 아무래도 네 기억을 확인해 보기 위해선 이 모습이 편해서 말이야. 잠시 실례하지."

레비나스는 메를리니의 머리 위에 손을 올렸다.

따스한 손길이었다.

새하얀 빛이 두 사람을 감싸들었다.

메를리니는 어쩐지 편안한 기분이 들어서 눈을 감았다. 그리고 메를리니의 머릿속에 그녀의 의지와는 상관없이 여러 기억의 파편이 떠돌아다니기 시작했다.

첫 번째는 루티아르 왕국 남부의 작은 귀족이었던 크닐베이라 남작 가문에서 태어났던 기억이었다.

갓 태어난 아기를 바라보며 부모님께서 활짝 웃고 계시는 모습이 아른거렸다. 온 세상이 새까매졌다가 다시 밝아졌다.

이번엔 일곱 살쯤의 모습이었을까? 아버지로부터 생일 선물로 인형을 받고 좋아하는 장면이었다. 불빛이 깜박거렸다.

아가씨라는 말이 어울릴 법한 나이가 되어 난생처음 무도회를 가봤던 기억이 흘러갔다. 많이 설레었다는 그런 느낌이었다. 언제나 행복했고 그 행복은 계속해서 영원하리라 여겼었다.

마치 극무대의 2장이 펼쳐지듯이 남색의 물결이 시야를 가렸다가 사라졌다.

왕태자 레이드 폰 루티아가 눈앞에 서 있었다. 그를 사랑해마지않았고 또 그의 아이를 낳아 오순도순 행복하게 살고 싶었다. 시어머니와도 즐겁게 지내고 싶은 마음이었다.

그랬던 것이 어디서부터 잘못됐던 걸까? 왜 앞으로 벌어질 일에 대해 그에게 미안해하고, 그에게 있어 누구보다 숭고할 그 여인을 해하려 하는 걸까…….

새하얀 풍경이 온 시야를 뒤덮었다.

2편이 끝났으니 이제 3편의 시작인 걸까.

하얀 종이에 색깔이 묻어나듯 서서히 배경이 채워져 갔다. 유리 그림자 산맥의 설산들과는 다른 느낌이었다. 흑갈색이 촘촘히 뒤섞여 있는 설원이 보였다.

상대적으로 다른 집들에 비해 도드라지는 저택이 한 채. 그리고 저택 정원에 서 있는 소녀가 한 명. 백발의 소녀는 할머니를 바라보며 싱긋 웃고 있었다.

세월이 흘러 소녀는 행복한 나날을 보내며 아가씨로 훌쩍 자라났다. 행복한 시간이 언제까지고 계속될 거라 믿는 건 이 여인도 마찬가지였다.

불행은 소리 소문 없이 한꺼번에 찾아왔다. 알테마리아 공화국과의 협정을 위해 떠났던 할머니가 차가운 모습으로 돌아왔고, 얼마 지나지 않아 공화국의 군대가 마을로 쳐들어왔다. 마을주민들은 처참히 죽임을 당하거나 국경 밖으로 쫓겨나게 되었다.

여인은 자신을 따르는 이들과 함께 조상의 유지를 잇기 위해 길을 떠났다. 목적지는 분명했다. 먼 선조들이 살았고, 또 그들과 현재 사람들이 모시는 전설의 성수가 살고 있는 유리 그림자 산맥이었다.

그러나 그 길은 멀고도 험했다. 가는 도중 여러 나라와

도시를 거치면서 사기도 당하고, 문제도 발생했다.

　은발의 여인은 그런 갖은 고생을 겪으며 유년기의 순수함을 잃어버렸다. 동지들을 지키기 위해, 할머니의 바람을 관철하기 위해, 자신의 피에 담긴 선조들의 의지를 잇기 위해 누구보다 강해져야 했다.

　기적적으로 유리 그림자 산맥이 있는 루티아르 왕국에 도착했을 때, 여인은 또 한 번 절망했다. 마치 기다리고 있었다는 듯 루티아르 왕국의 북부군은 여인 일행을 수배하려 했다. 힘겹게 도망치고 또 도망쳤지만 쉽지 않았다.

　문득 할머니의 말씀이 떠오른 여인은 동지들을 도주시켰다. 동지들은 모두 그녀의 뜻을 알았기 때문에 눈물을 머금고 은랑 레비나스의 흔적을 찾으러 떠났다. 혼자 남은 여인은 버티다가 북부군에 붙잡혔다.

　그 장면이 있고 얼마간 정적이 흘렀다.

　다시 화면이 밝아졌을 때, 여인의 모습은 몹시 엉망이었고 눈매는 더욱 날카로워져 있었다. 여인이 있는 장소는 금지된 감옥이란 오명과 함께 존재해 온 살레트타이었다. 그곳에서의 끔찍했던 2년을 마치고 우수죄수란 칭호와 함께 퇴소하는 모습이 내비쳤다.

　여인은 출소 후, 남부로 내려와 유리 그림자 산맥으로

향했다. 그녀는 한 번은 꼭 은랑 레비나스를 만나고 싶었다.

젖 먹던 힘까지 짜내 겨우겨우 은랑을 만날 수 있었다. 은랑은 그녀에게 계약을 종용했다. 그것은 선조 때부터 이어져온 맹약이었다.

그녀는 유리가루를 소량 유통해 주는 것과, 산맥의 축복을 받는다는 것과, 애초에 은랑을 따라야 한다는 전제조건을 품고 산을 내려왔다. 그리고 은랑을 지키기 위해 동료를 모으기 시작했다.

여인은 산맥 아래로 내려가 옛 동지들을 찾아 헤맸다. 동지들은 유리 그림자 산맥의 소수 도적단들과 대립하고 있었다. 그렇게 1여 년간의 긴 전란 끝에 도적단들을 모두 제압하는 데 성공했다. 그리고 유리 그림자 산맥에 은빛 이빨 도적단을 만들어 기반을 다졌다.

성벽 위에 서서 공허한 눈길로 하늘을 쳐다보고 있는 여인의 마음으로부터 간절함이 느껴져 왔다. 분명 누가 밉기도 했고, 원망스러운 나라도 있었고, 보고 싶은 사람도 있었다.

좋아하고 잃기 싫은 동지들도 존재했다. 모셔야 할 사람이 싫지 않았고, 그 일은 당연히 해야 하는 것이었다. 거기까지 마음이 전해졌을 때, 일순간 여인이 소녀였던 모습이 밝혀졌다 사라진 것은 우연이었을까…….

메를리니는 스르르 눈을 떴다. 정면에는 여전히 레비나스가 미소를 머금은 채 서 있었다.

"이제 저의 목적에 대해 아셨나요? 제가 어떤 삶을 살아왔고, 또 앞으로 어떤 진흙탕에 뛰어들지를."

"그래. 네가 탄생의 여신 루비아나 님의 가호를 받고 새 인생을 살아가게 된 건 잘 알겠다. 그래서 너의 사사로운 복수심 때문에 이곳까지 찾아왔느냐. 유리가루와 나의 권능을 얻기 위해 그토록 많은 희생을 치른 것이더냐. 너를 대신해 죽은 카르디스의 영혼과 방금까지 나와 싸웠던 암살자의 영혼은 무엇을 위해서인가?"

레비나스의 말은 직설적이었지만 어조는 차분한 그대로였다.

메를리니는 조용히 자신을 되새겨봤다.

신의 축복을 받고 새로운 인생을 잉태 받았다 하여 자신이 주인공인 것일까? 메를리니라는 여인은 진정 이 세상의 주연인 걸까? 모든 건 한 여인을 중심으로 돌아가는 걸까? 아니, 그렇지 않았다.

그런 단순한 논리로 단정 짓기에는 사람들의 마음이 너

무나 소중했다. 이르에의 기억을 경험했을 때부터 그 결론은 명확한 선을 그리고 있었다.

"오래전, 저희 저택 서고에서 낡은 책을 한 권 발견했었습니다. 당신이 사랑했던 여인이 집필한 일기를 토대로 재구성된 이야기였습니다. 그녀를 대신하여 당신을 수백 년 동안 모셔왔던 은의 무녀들. 그리고 지금에 이르러 은의 무녀의 자리를 대체하고 있는 이르에 조니악. 그녀의 짐을 제가 인계받겠습니다."

메를리니는 레비나스에게 정중히 절했다.

"향후 저 이외에 유리가루를 탐하거나 유리 그림자 산맥을 더럽히는 이들은 없을 겁니다. 루티아르 왕국의 왕태자비인 저의 이름을 걸고 맹세하는 바입니다."

"그리고 네가 얻는 것은 유리가루인가? 이르에 조니악인가?"

메를리니는 생각하지도 않고 바로 답했다.

"처음에는 유리가루를 얻고 싶어서 이곳에 왔었지만, 어쩐지 지금은 이르에 조니악을 선택하고 싶어지는군요. 그녀를 돕고 싶습니다."

"과거를 보니 불쌍하거나 측은한 것인가?"

"완전 틀린 말은 아니지만, 그보다는 뭐랄까, 좀 더 가

까운 마음이 있어요. 그냥 옆에 두고 싶다는 거라면 헛소
리 같으신가요?"

"재미있는 아이구나. 그게 루비아나 여신께서 네게 새로
운 삶을 부여하신 이유인가. 후후, 그런 물렁한 정신으로
는 네 인생의 목표를 이루긴 글렀다. 그러니 특별히 내 도
움이 필요하겠어. 유리가루의 대량유통과 정제비법을 알려
주겠다."

"감사합니다. 은랑이시여."

메를리니는 머리를 조아리며 예를 표했다.

레비나스는 빙그레 웃으며 눈을 감았다.

"잠시 쉬고 싶구나. 금방 일어나도록 하겠다."

레비나스는 지그시 눈을 감았다.

돌이켜 보면 단지 그녀의 후손이라는 이유로 조니악의
아이들을 너무 혹사시켰단 생각도 들었다. 그녀를 처음 봤
을 때도 지금처럼 나른하고 지루한 나날이었다.

레비나스는 오래전 기억을 떠올려다봤다. 그는 원래 흰
털을 가진 보통의 늑대였었다. 유리 그림자 산맥을 떠돌아
다니는 유랑늑대였다. 절벽에서 떨어져 생을 마감할 뻔했
던 운명은 탄생의 여신과 죽음의 신으로부터 새로운 삶을
부여받았다.

예전과는 전혀 다른 강인한 육체로 다시 태어났을 땐 솔직히 기뻤다. 설레기도 했고 세상에 두려울 것도 없었다. 그게 1300년 전의 이야기였다.

천 년의 고됨이 순환한 직후.

지금으로부터 300여 년 전, 세상은 변해도 너무 많이 변해 있었다.

오랜 벗들은 하얀 뼈로서의 흔적조차 남지 않았다. 그나마 산맥 아래에 살고 있던 인간들과 교류를 하지 않았다면 정말 미쳐버렸을 것이었다.

하루는 심심함에 산맥을 내려간 적이 있었다. 인간의 모습으로 변해서 인간마을로 스며들었었다. 그렇게 인간마을에서 전전긍긍하다가 우연찮게 검은 머리의 그녀를 만나게 되었다.

아마 인간을 재미의 상대가 아닌, 정의 대상으로 바라보게 된 건 그때부터였지 싶었다.

레비나스는 짐짓 눈을 떴다.

가장 먼저 보인 것은 나무에 기댄 채 잠을 청하고 있는 검은 머리의 소녀였다. 소녀 옆에는 인간형으로 변한 르나이아가 앉아 있었다. 그리고 레비나스의 바로 앞에는 붉은 머리의 왕태자비, 메를리니가 서 있었다.

메를리니가 말했다.

"깨셨군요."

레비나스는 들은 듯 말은 듯 시큰둥했다. 그는 품에서 무언가를 꺼내 메를리니에게 내밀었다. 반짝반짝 빛나는 은잔이었다. 은잔을 받아 든 메를리니는 도통 영문을 모르겠다는 얼굴이었다.

"세상의 끝을 비추는 맹약의 탑에서 태어난 아이여. 빛이 나락으로 추락했을 때, 떨어져 나간 조각을 찾아야 할 것이다. 그 은잔은 조율의 여신 에르데므 님의 축복이 깃든 성스러운 잔이다. 잘 간직하여라."

"맹약의 탑이라뇨? 빛의 조각은 또 뭐고요?"

"글쎄. 그걸 알아내는 건 네가 해야 할 일이겠지. 여차하면 아무런 연관이 없을 지도 모를 일이고. 자세한 내용은 나도 알지 못한다. 운명의 흐름이 세상을 조율하고, 나아가 네게 흘러들었을 때를 대비해 내 아이를 맡기겠다. 르나이아가."

르나이아가가 부랴부랴 달려와 무릎을 꿇었다.

"예. 아버님."

"지금부터 너는 붉은 왕태자비를 따르며 세상의 무궁무진함을 기억에 담아 오너라. 네가 돌아왔을 때쯤이면, 너에게 유리 그림자 산맥의 가호가 함께하고 있을 것이다."

"알겠습니다. 아버님의 말씀을 따르겠습니다."

레비나스는 보일 듯 말 듯 미묘한 미소를 지었다. 그 웃음은 천천히 메를리니에게로 향했다.

"왕태자비."

"네. 은랑이시여."

"나는 삼백여 년 전, 검은 머리의 여인과 약속을 나눈 바가 있었다. 그러나 신계로부터 권고를 받았기 때문에 그 여인과의 약속을 저버리고 말았다. 그렇게 이백여 년의 세월이 흘렀다. 가끔씩 인간들의 마을에 내려가 봤으나 그녀는커녕 후손조차 보이지 않았지."

레비나스의 눈동자가 아련히 떨렸다.

"나는 그녀 또한 나와의 약속을 잊어버렸다고 생각했다. 그러던 어느 날이었다. 지금으로부터 2, 3년쯤 전이었을까. 그녀의 후손으로 보이는 여인이 나를 찾아왔다. 그 여인은 슬픈 눈동자를 하고선 내게 말했지. '기원의 약속을 믿고 은랑을 보필하러 왔다고.' 왕태자비여, 믿어지는가? 나와의 약속을 잊지 않은 것이다. 고작 백 년도 채 살지 못하는 인간이 말이다."

메를리니는 싱긋 웃어 보였다.

"네. 그 은빛머리의 여인, 이르에 조니악이 기다리고 있어요."

레비나스도 따라 웃었다.

"왕태자비, 내 등에 올라타라."

레비나스는 고갯짓으로 르나이아가를 불렀다.

"르나이아가, 그 소녀는 네가 보살펴 주거라."

메를리니는 조심스럽게 레비나스의 등에 올라탔다. 뒤따라 유지니도 늑대로 변신한 르나이아가의 등에 업혔다.

그리고 어느 순간, 두 사람은 털을 붙잡고 소리 지르고 있는 자신들을 발견할 수 있었다.

제2장

매발톱꽃 아래에서

『매의 발톱을 닮았다 하여 매발톱꽃이라고 불리는 야생화. 매라는 상징성처럼 날카로운 느낌을 연상케 하는 꽃. 붉은색은 결백을 의미하고, 흰색은 승리와 맹세를 의미하는 순결한 꽃. 그 아래에서 일생의 언약을 나누리니.』

레이드는 궁중 정원의 꽃을 한 송이 꺾어서 향을 맡아봤다.

"후우……."

그의 그녀가 떠난 지도 어느덧 한 달여를 바라보고 있었다. 도적단에게 납치됐다는 소식만을 들었을 뿐. 구출됐다는 보고는 아직 받지 못했다. 어머니께서 괜찮을 거라며 달래주셨지만, 레이드는 기다림의 미학 따위 집어치우고 싶은 기분이었다.

레이드는 애써 태연한 척을 하려 했지만 떨리는 마음이 진정되지는 않았다. 메를리니를 향한 걱정이 가슴을 좀 쑤셨다.

그러다 문득 스스로가 한심하게 느껴져서 눈살을 찌푸렸다. 자신이 직접 구하러 갔어야 했는데…….

"카이트, 아직도 소식이 없나?"

"예. 송구하옵니다."

"후우…… 그녀가 없는 일상은 재미없는 삶의 연속이로군."

레이드는 손에 쥐고 있던 꽃을 땅바닥에 떨어트렸다. 힘없이 떨어져 내리는 꽃잎처럼 레이드의 기분도 저 밑바닥이었다.

"카이트, 커틀라스 백작과 페사나 백작을 불러오게."

카이트는 허리를 굽혀 보이며 잠시 자리를 비웠다. 그는 두 시간쯤 지나서 돌아왔다. 떠날 때는 혼자였지만 돌아올 때는 두 명의 사내를 동반해 왔다.

두 사내는 인상만으로 누가 누군지 구별이 갈 법했다. 한 명은 턱수염이 덕지덕지 난 푸근한 인상이었고, 다른 하나는 두 갈래로 나뉜 콧수염에 마른 체형이었다.

턱수염의 사내가 정중히 인사 올렸다.

"로폰델 커틀라스 백작이 왕태자 저하를 뵙습니다."

그에 질세라 콧수염의 사내도 무릎을 꿇으며 말했다.

"에릭 페사나 백작이 인사드립니다."

그들은 연신 레이드에게 정중하게 몸을 조아렸다. 두 사람 또한 각각 영지에서는 우러러보일 지주들이었지만, 그래도 왕태자 앞에서는 한풀 꺾어야 했다.

레이드가 무거운 걸음으로 천천히 정원을 누비기 시작하자, 두 사람도 바로 뒤따랐다. 카이트도 일정 거리를 두고 뒤에 따라붙었다.

레이드는 방금까지와 달리 더없이 침착해 보였다. 부인의 행방에 안절부절못하던 모습과는 자못 대조적이었다. 마치 딴 사람처럼 표정을 가다듬었다.

그의 그런 모습에 카이트는 내심 뿌듯한 감정이 들었다. 자신이 모시는 이의 성장이 마치 자신의 성장 같음을 되새기며.

앞서 걷던 레이드가 뒤돌아보며 말했다.

"어찌 일은 잘 진행되고 있습니까? 뭐, 두 백작께서 하시는 일이니 큰 문제는 없으리라 봅니다만."

"예. 착착 진행되고 있습니다."

두 백작은 거의 동시에 대꾸했다.

당당하게 대답하는 둘의 모습에 레이드는 희미하게 미소를 머금었다.

"커틀라스 백작."

"예. 저하."

"이번 유리 그림자 산맥 사건을 통해 베일에 가려져 있던 뭔가가 드러났다고 하던데 맞습니까?"

"예. 소문으로만 전해져왔던 성수의 이야기가 다시 드러나려는 중입니다. 제가 조사 중인 안건이 그쪽이다 보니 여러모로 연관이 있었습니다."

"그렇군요. 비궁을 납치한 불한당들이 신성시하는 동물이 성수라는 괴소문이었지요. 그 소문대로라면 유리 그림자 산맥에는 늙은 늑대 한 마리가 살고 있다지요?"

"예. 은랑 레비나스라는 늑대입니다."

"내 듣기로는 그 늑대가 보통이 아니라던데, 사실입니까?"

"예. 제가 조사 중인 검은 골짜기의 도마뱀과 견줄 수 있는 수준일 듯싶습니다."

레이드는 짐짓 턱을 괴었다.

"성수라…… 로베룬 왕국이 길들이고 있는 용이나 와이번과는 또 다른 존재였지요. 알테마리아 공화국의 5대 건국가문이 모셨던 동물도 성수라는 소문이 있고. 길들이는 자에게 무한한 영광과 권능을 전해 준다는 동물이라고 했던가."

"다소 와전된 감이 없지 않아 있습니다만. 이용하기에 따라선 S급 마나 기어와도 견줄 수 있지 않을는지."

"그래서 커틀라스 백작께 검은 골짜기의 도마뱀을 맡긴 것입니다. 도마뱀에 관한 일은 커틀라스 백작께 일임했으니 알아서 잘해 주시리라 믿습니다. 그렇담 어디 보자. 다음 변수의 행방은 어떠합니까? 페사나 백작."

에릭은 차분한 어조로 답했다.

"차질 없이 진행 중입니다. 조만간 저하를 모실 참입니다. 지금으로써는 그런 자질구레한 것보다 왕태자비 마마의 안전을 생각하셔야 할 때라고 판단됩니다."

"하기야 그렇군요. 왕태자비라……."

레이드는 천천히 멈춰 섰다. 그의 시선이 천천히 하늘너머로 향해갔다. 저 멀리 남쪽에서 힘겨워하고 있을 메를리니에게로.

* * *

감격의 재회였다.

수년 동안 멀어졌다가 불과 2주 전에 만났었다.

그리고 다시 헤어지게 됐다가 이번에야말로 비로소 제대로 얼굴을 마주할 수 있었다.

타니레치는 자기도 모르게 흐른 눈물을 훔쳤다. 고생죽을 먹었는지 피부가 몹시 상한 손녀의 얼굴을 보고 있자니 씁쓸한 웃음만이 나왔다. 와락 안은 후에야 마음이 좀 진정됐다.

"몰리…… 어디 다친 덴 없느냐?"

"괜찮아요. 할아버지…… 마음고생이 많으셨죠."

"네 고생에 비하면 아무것도 아니란다."

"네…… 할아버지……."

몰리는 타니레치의 품에 안긴 채 은은하게 웃었다.

지난날, 그녀는 메를리니가 도적단과 모종의 거래를 한 덕에 어느 정도 대우는 받을 수 있었다. 그래도 후작가의 여식으로서, 왕궁에서 풍족한 생활을 누려왔던 궁인으로서 인질 생활은 정말 힘겨운 경험이었다.

토벌군이 은빛 이빨의 본거지로 몰려왔을 때도 그다지 실감이 가지 않았다. 오히려 토벌군 중 일부는 궁인들을 죽이기도 했다. 광기에 미친 듯 날뛰었던 그들의 모습이 두려운 기억으로 남아 있었다.

멀리서 두 사람의 포옹을 바라보고 있었던 메를리니는 살며시 웃음을 머금었다. 그녀는 천천히 두 사람에게 다가왔다.

타니레치가 메를리니에게 엄숙히 절했고, 몰리는 정중히 자리를 물렸다.

타니레치가 숙였던 허리를 펴며 말했다.

"마마께서 무사하셔서 천만다행입니다."

"하이디아 후작의 도움 덕분이에요."

"과찬이십니다."

타니레치는 전황에 대해 보고했다. 그에게 자초지종을 들은 메를리니는 입가에 미묘함을 담았다. 아니, 그것은 진흙탕에 빠져서 허우적대는 망아지의 불쾌한 표정이었다.

"제대로 못 들어서 그런데요. 무단으로 공격을 감행한 사람이 누구라고요?"

"예. 광하의 백작이라고 불리는 라이벨 데 포이트라입니다."

"라이벨…… 그자는 지금 어디에 있나요?"

"송구스럽게도 그자는 이미 수도로 돌아갔습니다. 나중에 제가 추궁하도록 하겠습니다."

메를리니는 라이벨에 대해 잘 알고 있었다.

그녀의 기억 속에 라이벨은 잔악무도한 사내였다. 데레니아 왕비의 열렬한 심복이란 입장을 철저하게 수행하는 자였다. 왕비의 적들을 토벌할 때는 늘 그가 선봉이었다.

메를리니는 차분히 목소리를 가다듬었다.

"하이디아 후작께서는 뒷정리를 마무리해 주세요. 다시금 말씀드리지만, 은빛 이빨의 무리에 대한 처벌은 보류에 두세요."

"예. 마마."

"그럼 이만."

메를리니는 타니레치를 뒤로 한 채 임시보호소로 향했다. 인간형으로 변한 르나이아가와 유지니가 뒤따랐다.

임시보호소 건물에는 부상을 입은 사람들이 줄을 서서 치료를 기다리고 있었다. 그들은 한결같이 메를리니의 등장에 길을 터줬다.

복도 어귀에 낯익은 얼굴이 서 있었다.

유지니가 재빨리 메를리니를 뒤로 물리고 바짝 경계했다. 르나이아가만이 영문을 모르겠다는 얼굴이었다.

복도에 기대고 서 있었던 향설이 양손을 펴 보이며 어색하게 웃었다.

"이거, 이거 아직도 단단히 오해가 있나 보군요. 그때도 그랬지만 저는 결코 왕태자비님을 해할 생각이 없습니다. 더욱이 지금 이 상황에서는요."

"그런 당신이 왜 여기 있는 거지?"

"왕비 마마의 명으로 포이트라 백작을 따라 내려왔습니다. 그는 이미 돌아갔지만요."

"그럼 당신도 따라서 돌아가야 했던 게 아닌가."

메를리니의 태도는 계속해서 냉담했다. 그녀의 말 한마디, 한마디가 차가운 송곳처럼 날카로웠다.

향설은 얇은 눈썹미로 메를리니의 뒤에 서 있던 르나이아가를 살폈다. 그리고 메를리니가 가려는 곳에 누가 있는지도 알고 있었다. 하이디아 후작을 비롯한 다른 귀족들과 어떤 관계가 됐는지도 전해 들은 직후였다.

"돌아가려고 했지만 꼭 확인해 보고 싶은 게 있었기에 참았습니다. 이제 그 사항이 해결됐으니 돌아가 보겠습니다. 먼저 왕궁으로 돌아가 비궁 마마를 기다리고 있겠습니다. 부디 돌아오시는 길까지 무탈하시기를."

향설에게선 그 어떤 적의도 느껴지지 않았다. 메를리니 일행은 자연스레 길을 터줬다. 향설의 뒷모습이 아득히 멀어진 뒤에야 메를리니는 다시 걸음을 옮겼다.

임시보호소 건물 가장 안쪽에 있던 방은 문부터가 다른 방들과는 사뭇 달랐다.

문을 열고 들어가자 고급스러운 실내가 드러났다. 메를리니는 깔끔하게 정돈된 방을 잰걸음으로 내디뎠다. 발걸음은 창가 바로 옆 침대 앞에서 멈췄다.

침대 위에 누워 있었던 이르에가 메를리니를 바라봤다. 이르에는 묵묵한 목소리로 말했다.

"이제 떠나는 건가?"

"그래. 그동안 신세가 많았어."

이르에가 창가를 툭툭 쳤다.

"나야말로 감사한다. 은빛 늑대 레비나스 님을 설득한 것도 그렇고, 무엇보다도 우리에게 믿음이라는 선물을 준 것에. 아, 그건 그렇고 하나만 묻자. 너는 어떻게 내가 금지된 감옥의 죄수였단 걸 알고 있었던 거지?"

"알 수 있는 방법이 다 있지."

"……알려 줄 순 없는 건가?"

"알고 싶어?"

이르에는 고개를 끄덕였다.

메를리니는 고개를 갸웃하더니 빙긋 미소 지었다.

"잠시만. 르나이아가, 귀 좀."

"응? 왜?"

별도의 부탁을 받은 르나이아가는 알겠다며 방을 나갔다.

이윽고 다시 돌아온 르나이아가의 손에는 체스판이 들려 있었다.

그는 방구석에 비치돼 있었던 작은 탁자를 메를리니와 이르에의 사이에 놔두었다. 그리고 그 위에 체스판을 준비했다.

이르에는 눈만 멀뚱멀뚱해서는 상황을 지켜봤다.

"자, 그럼 어디."

메를리니는 르나이아가가 차려 놓은 말판을 천천히 조율하기 시작했다.

킹이 배치되고, 순서대로 말들이 자리를 잡아갔다. 그렇게 흑과 백의 진영이 모든 준비를 갖췄다. 슬슬 폰이 한 칸 앞으로 가고, 비숍이 움직이고, 다시 폰이 옆으로 빠지고, 나이트가 행동했다.

나이트가 한 번 더 움직이고, 폰이 비켜서고, 그 자리에 나이트가 위치했다. 비숍이 앞으로 쭉 나아가고 나이트가 뒤로 후진을 시도했다. 어느새 나이트는 킹의 바로 앞으로 발을 내디뎠다.

이르에의 동공이 커졌다. 체스에는 문외한이었으나 기본 정도는 알고 있었다. 나이트가 킹을 앞쪽에서 수호하러 오는 구도라니…….

"어떤 대륙에 어떤 나라에는 괴짜 왕태자비가 살고 있다고 하지. 그 여자가 얼마나 특이하냐면, 심심풀이로 자신의 목숨을 걸 줄 알고, 가끔은 도박도 좋아하고, 언제부터인가 늘 섭리에 어긋나게 살길 바라왔다지."

"……."

"괴짜 왕태자비는 신분 같은 것은 보지 않는다고 소문이 자자하던데. 사실 자신조차 남작가의 사람이었으니까 말이야. 그래서일까? 수호기사는 꼭 여자만 뽑으려고 노력한다고 하더군."

이르에의 손이 가늘게 떨려 왔다.

아직 몸이 성치 않았으나 아예 움직이지 못할 중상은 아니었다. 그녀는 조심스럽게 침대를 내려왔다.

그리고 방바닥의 따뜻한 온기를 느끼며 메를리니에게 넙죽 절했다.

메를리니는 이르에를 일으켜 세웠다.

"은빛 영광을 수호하는 자, 이르에 조니악. 이제 오랜 세월 그대와 그대의 조상을 옭아 매왔던 족쇄는 풀렸다."

메를리니가 눈짓으로 부르자 르나이아가가 다가왔다.

"그 약조의 증인으로 은랑 레비나스의 아들 르나이아가를 앞에 세우는 바이다. 이르에 조니악, 이의가 있나?"

그러면서 메를리니는 부드럽게 이르에를 안았다.

이르에의 눈가에 물방울이 고였다. 고개를 살짝 젖히자 눈물이 뺨을 타고 흘렀다.

"……없다."

*　　*　　*

섬뜩한 느낌에 오금이 다 떨릴 지경이었다. 라이벨은 고개를 푹 숙인 채 식은땀을 흘렸다. 도저히 바로 앞에 있는 여인을 바로 볼 엄두가 나지 않았다. 그 매서운 눈빛을 마주하면 오줌이라도 지릴 것 같았다.

"라이벨 데 포이트라 백작."

"……예. 마마."

"고개를 들도록."

"……."

라이벨은 잠시 뜸을 들였다가 이내 천천히 고개를 들었다.

정면으로 데레니아의 노기 어린 얼굴이 보였다. 하얗게 뜨다 못해 분노의 화신을 연상케 했다. 왕비 방의 화려함조차 데레니아의 격노를 잠재우지 못했다.

"내, 그대를 믿어서 이번 임무를 맡겼거늘. 제대로 완수하기는커녕 큼지막한 혹을 달고 돌아왔더군. 이 가당치도 않은 사태를 어떻게 생각하지? 어디, 얄팍한 해명이라도 해볼 참인가?"

"마마…… 제가 무슨 염치로 변명거리를 늘어놓겠습니까. 명명백백 소신의 무리한 판단이 빚은 결과물입니다. 저 또한 국왕 전하와 왕태자 저하의 심기가 불편해지셨다는 걸 잘 알고 있습니다. 지금 당장 제 목이 날아가면 날아갔지, 변명을 늘어놓을 자격조차 없습니다. 처벌을 내려 주십시오."

데레니아는 궁녀에게 보검을 가져오라 명했다.

궁녀는 서둘러 루비가 박힌 검을 챙겨 왔다.

"이 보검에 추악한 피를 묻히기는 싫다만."

데레니아의 차가운 눈빛이 라이벨을 내리깔았다. 이내 그녀는 칼집에서 빼낸 검을 라이벨의 앞으로 던져 놓았다.

라이벨은 검을 거꾸로 쥐어들었다.

날이 무딘 검이었다.

"이것은……."

"라이벨, 사내로 태어나 그 정도의 긍지밖에 없다면 죽는 건 네 마음이다. 하지만 전하의 분노를 사고도 지금까지 살아 있단 것에 의문이 들지 않더냐. 정녕 자신의 생명에 대해

의문이 생기진 않더냐.”

확실히 그랬다.

현시점에 화가 치미는 정도는 데레니아보다 국왕 쪽이 컸
다. 나아가 왕태자의 분노는 재볼 필요조차 없었다. 그런데
도 자신에게 아무런 압박이 오지 않고 있었다. 누군가가 중
간에서 막아주지 않았고서야.

“……죄송합니다. 그리고 감사드립니다.”

라이벨은 검을 조심스럽게 데레니아에게 바쳤다.

데레니아는 얕게 숨을 고르고 검을 받았다.

“그럼 이제부터 그대가 해야 할 일이 무엇인지 알겠는
가?”

“예. 마마. 물론입니다.”

“그래. 알았다면 됐다. 다음 지시가 있을 때까지 착실히
준비를 마쳐 놓도록.”

라이벨은 정중히 절하고 방을 나갔다. 턱을 괸 채 라이벨
의 뒷모습을 바라보던 데레니아가 고갯짓으로 칼스를 불렀
다.

칼스는 그늘 속에서 서서히 모습을 드러냈다.

“찾으셨습니까, 마마.”

“아무래도 내 며느리가 보통 아이는 아닌가 싶구나. 라이

벨이 광하의 백작이라고 불리는 이유는 결코 헛된 흔적에서 비롯된 것이 아니거늘. 역대 포이트라 가문의 수장 중에서도 단연 최고라 꼽히는 자가 임무를 실패하다니……."

데레니아는 입술을 질끈 깨물었다.

"아마 모르긴 몰라도 이번 싸움을 통해 왕태자비가 세력을 불렸을 것이야. 한 번의 위기를 건널 때마다 성장하기 마련이거든. 문제는 그 농도가 얼마나 짙을지 여부인데. 대충 예상이 가느냐?"

"남부의 수뇌라고 할 수 있는 타니레치 하이디아 후작과 여타 남부 귀족들의 힘은 무시할 수 없습니다. 그들 모두가 합세했을지 여부는 확실하지 않습니다만."

데레니아는 등받이에서 몸을 뗐다 댔다. 몸이 살며시 떨려 왔다. 이런 감정을 느껴 본 것은 실로 오랜만이었다.

"내 며느리지만 참으로 재미있는 아이야. 칼스, 네 임무도 뭔지 알겠지?"

"예."

"그럼 믿어보겠다."

"예. 마마의 앞날에 무궁한 영광이 함께 하시기를."

칼스는 빠르게 자리를 물렸다. 그가 방을 나가고 얼마 지나지 않아 다른 손님이 왕비의 방을 찾았다. 라이벨보다 이틀 정도 늦게 귀환한 향설이었다. 그녀는 정중히 머리를 조아리며 예를 갖췄다.

"왕비 마마, 제게 부여해 주신 기회의 줄을 잡지 못해 송구하옵니다."

"향설, 솔직히 네가 두 번이나 내 기대를 저버릴 줄은 몰랐구나. 이거 이러다가는 왕태자비가 정말 대단한 며느리가 되겠어. 내 미움조차 하잘것없게 만들 정도로 말이야."

"왕비 마마, 모르긴 몰라도 이번에 왕태자비님께서는 상당한 우군을 갖추셨을 겁니다. 제가 포이트라 백작보다 늦게 복귀했던 것도 그걸 파악하기 위해서였습니다. 왕비 마마께서는 저와 같은 무뢰배조차 능력만 된다면 등용해 주시는 분. 왕태자비님 또한 그런 굴레에서 벗어나시지 않으리라 봅니다."

"네 말대로 악운도 운이라고, 왕태자비가 이런저런 시련을 모두 견디고 자랑스러운 며느리가 된다면. 만약 그렇게 된다면 내 미움도 하찮게 버려질지도 모르겠지."

데레니아는 와인을 슥 음미했다.

"그러나 지금까지 보여 준 행운만으로 그걸 단정 지을 순 없다. 내 아들에게 어울리는 진정한 여인이 되지 못할 바엔 가차 없이 잘라 낼 뿐이지. 무엇보다 그 계집에게선 뭔가 드러내지 않는 어둠이 엿보여."

"드러내지 않는 어둠이라 하심은?"

"흡사 기회만 주어진다면 언제든지 날 물어뜯고 잡아먹을
것 같달까? 아주 독기 어린 면모가 숨어 있어. 나는 그런 알
수 없는 계집에게 기회를 연거푸 줄 정도로 너그럽진 않다.
향설, 너는 앞으로 메를리니의 동향을 주시하도록 해라."

"아…… 네. 알겠습니다."

향설은 정중히 인사를 드리고 왕비의 방을 나왔다. 천천
히 궁중 복도를 걸으며 왕비의 말을 떠올려다봤다.

'왕태자비가 능력만 갖춘다면 언제든지 자신의 며느리로
인정하시겠단 의미겠지…….'

왕비는 누구보다 능력을 중시하는 인물이었다. 단순히 가
문의 위세를 등지고 군림하는 그런 편협한 인물은 아니었다.

"메를리니 데 크닐베이라, 만약 당신이 남작가의 출신이
아니었다면 달랐을까. 붉은 왕태자비, 당신은 내가 보기에
그 남작가라는 간판만 아니라면 충분한데…… 뭐, 이 또한
자기 아들을 사랑해 마지않는 왕비님의 고집이시겠지."

향설은 슥 복도 창가를 바라봤다.

구름 한 점 없는 푸른 하늘이었다.

"한 대륙에 이런 말이 있었지. '여조삭비(如鳥數飛)'라고

했던가. 왕태자비, 당신도 하늘을 날기 위해 쉬지 않고 움직인다면, 배우기를 쉬지 않고 끊임없이 갈구한다면 언젠가는 인정받지 않을까. 적어도 나는 당신이 우리와 한 배를 탔으면 좋겠다는 생각이 들어."

*   *   *

마차의 이동은 순조로웠다. 길을 잘 다져놓았는지 평탄하다 못해 부드럽게 느껴졌다.

주위로 타니레치가 붙여 준 기사들과 병사들이 함께였다. 그들이 철통같이 겹을 이루고 있어서 안전에 대한 불안감도 없었다.

더불어 유리 그림자 산맥을 호령해 왔던 은빛 이빨의 전사들도 함께였다. 궁녀들이 탄 마차 두 대가 뒤따랐으며, 그 뒤로도 호위병사들이 무리 지어 있었다.

"정말 든든한 호위들인걸. 안 그래? 이르에."

"다시는 그런 일이 없어야 할 테니까."

메를리니가 탄 마차 옆으로 은발의 여기사 이르에가 말을 모는 중이었다. 그녀는 왼손으로는 말고삐를, 오른손으로는 창을 쥔 채 언제라도 무기를 들겠다는 의지를 발산하고 있었다.

메를리니의 만류에도 끝내 그 입장을 고수했다. 사실 그런 행동은 호위기사라는 막중함에 짓눌린 이르에의 긴장감에서 비롯됐다. 그런 뻣뻣한 귀여움이 메를리니는 싫지 않았다.

슬슬 크닐베이라 남작 가문의 저택이 보이기 시작했다. 쇠창살로 만든 정문이 열리자, 입구 앞에 나란히 서 있던 시종들이 마차 행렬을 맞이했다.

먼저 도착해 있었던 르나이아가와 유지니도 시종들과 함께 있었다. 두 사람은 혹시 모를 위험요소를 모두 파악해 놓은 직후였다. 아무런 위험요소가 없음을 보고받은 뒤에야 메를리니는 마차에서 내렸다.

"왕태자비 마마!"

"마마!"

드로이와 르비나가 딸을 반겼다. 두 사람은 체면도 불사하고 헐레벌떡 달려왔다. 세 사람은 서로를 와락 안아서는 오랫동안 묵혀왔던 기쁨을 나누었다.

주위에 있던 모두가 경건하게 그 재회의 장면을 바라봤다. 어떤 궁녀는 자신이 부모님을 만나기라도 한 듯 눈물을 머금기도 했다. 당최 영문을 모르겠단 눈치였던 건 르나이아가쁜이었다.

"왜 행복해하지?"

그의 엉뚱한 혼잣말에 유지니가 답을 주었다.

"그야 오랜만에 부모님과의 재회이니까요. 저도 아버지를 만나 뵈면 행복할 거예요. 르나이아가는 레비나스 님과 함께 있으면 행복하지 않나요?"

"그런 건가? 나는 어째선지 아버지를 만나도 저렇게 기뻐하지는 않을 것 같다. 그냥 다시 만났다는 정도랄까. 내가 이상한 건가?"

유지니는 고개를 절레절레 흔들었다.

"아뇨. 이상하다, 안 이상하다로 구분할 순 없을 것 같아요. 르나이아가는 르나이아가만의 방식이 있는 거니까요."

"그렇군."

순간 착각이었을까.

유지니는 어렴풋이 르나이아가의 입가에 미소가 어리는 걸 봤다. 이내 유지니도 따라 미소를 지었다. 둘의 시선은 다시 메를리니에게로 향했다.

메를리니는 드로이로부터 전통적인 인사치레를 받고 있었다. 드로이는 크닐베이라 남작 가문을 대표하여 딸의 삶을 축복해 주었다. 크네베의 가호를 기리는 성스러운 기도문을 읊는 것을 끝으로 왕태자비를 맞는 절차를 마쳤다.

메를리니는 마치 부모님께 친구들을 소개하듯 자신을 수행하는 궁녀들과 호위기사, 호위병들을 차례대로 인사시켰다.

궁녀 중에는 남작보다 높은 지위의 가문 출신도 있었으나, 대개 이번 사건 이후 메를리니에게 충성을 바친 상태였다. 궁녀장 리케드나 또한 그중 하나였다.

차례대로 소개가 이뤄지고 끝에 가서는 이르에와 유지니의 소개가 이어졌다. 마지막을 장식한 것은 르나이아가였다.

"자자, 왕태자비 마마, 저택 안으로 드시지요. 진수성찬을 마련해놨습니다."

드로이는 깊이 허리를 굽히며 메를리니와 그 일행을 저택 안으로 인도했다.

메를리니는 저택 안으로 들어서자 감회가 새로워져 눈을 몇 번 깜박거렸다. 잠시나마 잊고 있었던 추억의 장소였다.

어릴 때는 공원이라도 되는 양 드넓었던 홀이 지금은 좁게 느껴졌다. 12년 전으로 돌아온 뒤로는 이런 감정이 더욱 커졌다. 마치 세상을 보는 관점이 달라진 것만 같았다.

메를리니는 이르에와 유지니, 르나이아가만을 곁에 두고는, 나머지 인원들은 각자의 쉼터에서 쉬라고 명했다. 드로

이와 르비나도 연회 준비를 위해 자리를 비우자, 이제 네 명만이 홀에 남았다.

르나이아가가 벽 언저리를 만지며 말했다.

"벽이 붉다. 짙은 연분홍색이야."

"진짜. 벽이고 천장이고 온통 빨간 곳이네."

이르에와 르나이아가는 천장이며 이곳저곳을 돌아보며 신기해했다.

유지니만이 메를리니의 바로 옆에 찰싹 붙어 있었다.

메를리니가 빙그레 웃었다.

"내 머릿결처럼 붉은색이지. 부모님께서 나를 끔찍이도 사랑하시거든."

"사랑? 인간은 어떻게 그런 감정에 익숙하지?"

메를리니는 르나이아가 쪽으로 돌아봤다.

"글쎄 어떻게 그런 걸까나. 방법이 따로 있는 건 아니야. 그냥 살다 보면 알게 돼. 감정에 대해서, 자연스럽게."

르나이아가는 고개를 갸우뚱거렸다.

메를리니는 피식 웃으며 왕태자비에게 마련된 방으로 찾아갔다. 그 방은 저택 내에서 가장 아름답고 화려한 방이었다. 언제고 왕태자비가 직접 살았던 그 방이었다.

문을 열어젖히고 들어가자 붉디붉은 공간이 반겼다. 연분

홍으로 뒤덮인 저택 내에서도 유난히 더 새빨간 방이었다.

방에 발을 들인 메를리니의 모습은 마치 머리카락이 없는 유령 같았다. 그렇게 느껴질 정도로 방의 색감은 메를리니의 머리카락에 동화되듯 짙은 빛깔이었다.

이르에가 하, 헛기침했다.

"대단하시군. 부모님의 사랑이."

"그렇지? 가끔은 무섭다는 생각이 들 정도라니까. 그래도 역시 싫지는 않아."

메를리니는 폴짝 침대에 누웠다. 정겨운 푹신푹신함이 느껴졌다. 잠시 정신을 놓기라도 하면 금세 잠이 들 것처럼.

천장에는 그을린 흔적이 보이지 않았다. 그걸 보고 있자니 괜스레 웃음이 튀어나왔다. 메를리니는 웃음을 겨우 참고는 혼잣말로 중얼거렸다. 인간보다 몇 배로 귀가 밝은 르나이아가에게조차 들리지 않을 작은 목소리로.

"이 자리로 돌아와 다시금 맹세한다. 나 자신과 맺는 이 약속을 절대 잊지 않을 것이다. 이 길을 밟음으로써 울거나 슬퍼할 이가 적지 않음을 나 자신도 알고 있다. 그러므로 이 약속에는 저버릴 수 없을 무게가 함께 하리라."

제3장

여신의 종이
시사하는 바

『탄생의 여신 루비아나. 그녀가 남겨준 여신의 종. 나는 이 종에 어떤 능력
이 있는지 한 번도 고민해 본 적이 없었다. 그날의 그 순간에 직면하기 전까
지는.

-붉은 여제의 회고 中-』

　　서고의 탑 앞마당에서 있었던 놀이도 어느덧 한 달 전의
기록이 되었다.

　　이른 아침부터 왕궁정원을 거니는 사람들이 있었다. 장
밋빛 머리카락을 길게 늘어뜨린 여인은 머리에서 발끝까지
아름다운 자태를 뽐냈다.

　　금박무늬가 찍힌 고급스러운 드레스를 입은 그녀의 입가
에는 연신 미소가 감돌았다.

　　바로 옆으로 나란히 걷고 있던 여인도 깊은 눈, 짙은 눈

썹이 도드라지는 미인이었다. 흰 머리가 보일 듯 말 듯했지만, 나이보다 열댓 살은 젊어 보이는 동안의 여성이었다.

둘은 머리카락 색만 엇비슷했다면 멀리서 봤을 때 모녀라 착각이 들 법도 했다. 두 사람의 미모는 정원의 꽃들이 무색할 만큼 아름다웠다.

단지 젊은 쪽은 산뜻한 분위기를 머금은 반면, 상대적으로 연배가 있었던 여인 쪽은 썩 좋은 표정은 아니었다.

붉은 머리의 젊은 여인은 붉디붉은 장미를 하나 꺾어서 향기를 음미했다.

"왕비 마마, 정원이 아름다운 장미로 가득하네요."

"고작 그런 말을 나누려고 날 찾아온 건 아닐 텐데. 왕태자비."

데레니아는 메를리니의 모습을 못마땅하게 여기듯 바라봤다. 그녀는 자신의 아침산책이 며느리의 침범으로 더럽혀졌다고 여겼다.

두 여인이 있던 정원은 왕비궁에 가장 인접한 곳으로, 데레니아가 특히나 좋아하는 장소였다. 그녀는 스트레스 받는 일이 있을 때면 이곳을 거닐었다.

특히 이른 아침에 걷는 걸 좋아했다. 궁정에 그 사실을 모르는 사람은 없었다. 하물며 신입궁인들도 아는 것을, 왕태자비가 모를 리 만무했다.

두 사람의 관계는 좋은 것 같으면서도, 나쁜 것 같기도 한 기묘한 기류를 풍기곤 했다. 그 미묘한 분위기는 알게 모르게 궁정 내에 얕게 깔려 있었다. 비교적 그런 쪽으로 눈치가 없는 남자들은 잘 몰랐지만, 여자들은 대부분 그분위기를 눈치 챈 상태였다.

그렇기에 지금 벌어지고 있는 상황에도 많은 궁녀들은 긴장을 억누르기 힘들었다. 두 사람 사이에 흐르는 분위기 때문에 몇몇 중요궁녀만이 두 사람을 수행할 정도였다.

나머지는 저 멀리 거리를 두고 있었다. 유지니와 리케드나, 그리고 데레니아의 수석궁녀장 몇몇만이 최소한의 거리를 유지한 채 뒤따르는 중이었다.

메를리니가 손짓하자 유지니가 다가와 찻잔을 대령했다. 이내 메를리니는 차의 그윽한 향을 맡아보고는 데레니아에게 권했다.

"왕비 마마, 제가 마마를 위해 특별히 준비한 생강차입니다."

메를리니가 나지막이 고개를 조아리자, 데레니아는 못내 잔을 받아 들었다.

미세하게 흔들렸던 잔의 물이 스르르 미동을 멈췄다. 살며시 코를 갖다 대니 은은하면서도 톡 쏘는 향이 감돌았다.

"내, 듣기로는 지난날 자신을 납치했던 도적들의 수괴를 호위기사로 맞이했다던데."

"네. 실력이 형편없는 이들보다는 낫다고 여겼습니다. 능력만 된다면 그게 누가 됐든 제 옆에 두고 싶은 마음입니다."

"내가 재량 있는 기사를 추천해 줄 때는 사양하더니, 의외로구나."

"마마의 하해와 같은 배려에는 거듭 감사드리오나, 어찌 며느리가 시어머니께 일을 만들어드리겠습니까. 그와 같은 자잘한 일은 저 스스로 해결하겠습니다."

그렇게 말하면서도 메를리니의 얼굴에는 미소가 가시지 않았다. 그 거리를 재는 절제가 데레니아의 마음에 조심이란 단어를 남게 했다.

데레니아는 문득 메를리니가 유리 그림자 산맥에서 돌아왔을 때가 떠올랐다. 도적단의 수괴를 호위기사로 뒀다는 것은, 사실상 그들을 회유하는 데 성공했다는 것이기도 했다.

라이벨 또한 데레니아가 총애하는 가신 중 하나였고, 그만큼 임무를 수행하는 데 있어 치밀하고 잔혹한 자였다. 목적을 위해 수단과 방법을 가리지 않는 그 라이벨조차 실패했었다.

더욱이 근래에는 메를리니가 뭔가를 꾸미고 있다는 정보도 속속 입수되곤 했다. 최고의 며느리가 될 것인지, 최악의 며느리가 될 것인지, 그 갈림길에 놓여 있었다.

"그러고 보니 조만간 어디로 떠난다고 들었는데."

"네. 얼마간 자리를 비우게 될 것 같습니다."

"지난번처럼 변고를 당하면 어쩌려고. 왕태자도 몇몇 귀족들을 데리고 여행을 다녀오겠다고 했거늘…… 이거 내가 다 걱정이 되는구나."

말은 그렇게 했지만 데레니아의 표정은 그다지 어둡지 않았다.

메를리니는 시어머니의 걱정에 반응하듯 잠시 말을 맺지 않았다. 몇 발자국을 더 내디뎠을 때쯤, 살짝 벌어진 입술로 운을 뗐다.

"최대한 빨리 다녀오도록 하겠습니다."

"목적지는?"

"지난번에 다 하지 못한 남부에 다시 다녀올 생각입니다."

"남부라…… 알겠다. 조심해서 다녀오도록 하여라."

그즈음, 두 사람은 정원 입구에 다다랐다.

메를리니는 정중히 고개를 조아리고 자신의 궁으로 돌아갔다.

데레니아는 한참 동안 며느리의 뒷모습을 바라봤다. 살을 옭아맬 듯 매서웠던 눈빛은 차츰 바람결에 누그러들었다.

메를리니의 모습이 시야에서 거의 사라졌을 즈음, 데레니아는 보일 듯 말 듯 씁쓸한 미소를 머금었다.

*　　*　　*

해가 쨍쨍한 오후 무렵.

메를리니는 왕국 서쪽의 작은 항구 마파리노에 도착했다. 보통 같았으면 하루가 꼬박 지나서야 도착할 거리였지만, 미리미리 부단히 준비한 덕에 금방 당도할 수 있었다.

속도만큼이나 은밀함도 중시했다. 메를리니 일행이 수도 레필타를 나왔을 때 미행이 뒤따랐음은 분명했다. 그녀는 거짓정보를 퍼트림으로써 미행을 따돌리는 데 성공했다. 이번 이동은 단순히 놀러 가는 것이 아니었기에 비밀엄수가 최우선이었다.

그 중책을 맡은 건, 데미안과 이슈였다.

유지니를 매개로 이어진 그 둘의 협력적 효과는 메를리니의 예상 밖 수완이었다.

데미안의 잔머리와 이슈가 운영하고 있던 뒷골목계의 권력은 기대 이상으로 대단했다. 그들이 퍼트린 가짜 정보에, 소문, 그리고 위장된 메를리니 일행의 거취, 이동 등은 성공적이었다.

데레니아가 은밀히 붙였던 이는 그녀를 모시는 여섯 기사 중 하나인 란스 레펜드람 자작이었다. 그는 대륙에서 세 번째로 규모가 크다는 암살단 그림자단도와 인연이 깊은 사내였다. 그림자단도의 여두목 라니에 피몰트가 그의 연인이었다.

그럼에도 불구하고 이슈는 그림자단도와 전면전까지 각오하고 이번 일을 추진했다. 자칫 왕국 지하세계의 판도가 뒤바뀔 문제였지만, 다행히도 큰 문제없이 지나갔다.

메를리니는 궁녀들을 물리고 선착장으로 향했다.

선착장에는 여섯 척의 함선들이 일렬로 배치돼 있었다. 하루 먼저 도착해 상황을 조율하고 있었던 이가 헐레벌떡 달려왔다.

그룬디에 자작이었다.

그는 손짓으로 선장들을 불러 모았다. 나이가 진득한 선장들은 메를리니를 보자마자 넙죽 고개를 조아렸다.

메를리니가 말했다.

"이분들인가요?"

"예. 왕태자비님의 명대로 인근에서 뛰어나다고 소문난 선장들과, 선원들, 그리고 어젯밤으로 점검을 마친 함선 여섯 척입니다."

"혹시 모를 전투 시에도 문제가 없겠죠?"

"예. 전투원들도 충분히 준비시켰습니다."

"정보의 순환 여부는요?"

"그것 또한 문제없이 처리했습니다. 이번 항해에 대한 이야기가 왕궁으로 향할 일은 없을 겁니다."

메를리니는 만족스러운 얼굴이었다.

선선한 바다내음도 마음에 들었고, 날씨도 화창한 것이 느낌이 좋았다. 그룬디에의 안내로 올라탄 함선의 탑승감도 제법 괜찮았다. 배를 타본 기억이 별로 없었지만, 이 함선이 얼마나 완벽을 추구하려는지 정돈 알 것 같았다. 역시 그룬디에의 일 처리는 훌륭했다.

"그룬디에 자작, 고마워요. 당신의 수완에 또 한 번 감복하네요."

"과찬이십니다."

"슬슬 출발해야겠네요. 촌각을 다투는 계획이니까요. 르나이아가가 잘하고 있을지 걱정도 되고요."

"예. 아무쪼록 몸조심하십시오."

메를리니가 타고 있던 기함을 중심으로 함선들이 닻을 올렸다. 이제 선착장에 걸어 놓은 줄만 풀면 당장 출발할 참이었다.

그때였다.

이르에가 부하들과 함께 선착장에 도착했다. 그녀와 부하들은 말에서 내리기가 무섭게 기함에 올라탔다.

거칠게 몰아쉬는 숨소리들이 갑판 위를 맴돌았다.

배 앞머리에 서 있었던 메를리니가 슬슬 다가왔다.

"이르에, 고생이 많네."

"후아…… 어떤 나라의 높으신 분 덕분이지."

"그래, 상황은 어때?"

"……지금 출발하는 게 옳아. 란스 레펜드람이 낌새를 알아차린 것 같다. 그의 애인께서 꽤나 힘을 써주셨더군. 슬슬 인근 항구 탐문을 시작할 거야. 우리도 최대한 빨리 떠나야 해."

메를리니는 짐짓 턱을 어루만졌다.

"시어머님의 열렬한 며느리에 사랑에 몸 둘 바를 모르겠는걸. 이르에, 좀 쉬고 있어. 삥 돌아서 갈 거니까, 제법 긴 항해가 될 거야."

이윽고 메를리니가 지시를 내리자, 왕태자비를 모시는 본함을 선두로 함선들이 차례차례 출발하기 시작했다.

목적지는 이미 내정돼 있던 대로 왕국 남동부였다. 정확히는 상업도시 에티로카였다.

*   *   *

왕태자비를 태운 선단은 최대한 흔적을 남기지 않기 위해 해역을 빙 도는 항로를 택했다.

인근에는 작은 섬들이 몇몇 있었지만 대개 사람이 살지 않는 무인도였다. 함선들은 항로에 걸쳐진다면 바닷물의 흐름이 거친 곳도 마다치 않았다.

때로 파도가 강하게 치는 해역을 지나도 선단의 진로에는 큰 변화가 없었다.

특히 메를리니가 타고 있었던 본함은 거의 흔들림조차 없었다. 왕태자비가 타고 있다는 막중함에 선장에서 선원들까지 바짝 긴장해서 직무에 충실하는 중이었다.

쿵—

한 차례 큰 파도가 본함을 쳤다가, 금세 안정감을 되찾았다.

바다의 미세한 흔들림은 선내에도 전해졌다.

메를리니는 귀빈실에서 궁녀들의 수발을 받으며 머리를 정돈하는 중이었다.

붉은 머리카락은 어떤 식으로 꾸며도 강렬한 느낌을 자아냈다. 긴 머리를 쭉 내리자 다소 아가씨 같은 분위기가 났다.

유지니는 몰리의 지시에 따라 이것저것 보조를 맞춰 주는 중이었다. 아무래도 꾸미고 가꾸는 그런 분야에서는 매우 서투른 유지니였다.

싸움터에서는 귀신같은 솜씨를 자랑하면서, 이럴 때는 영락없는 그 나이 때 소녀 같았다. 그런 유지니의 모습을 지켜보며 이르에가 피식 웃었다.

메를리니가 곁눈질로 이르에를 흘끗거렸다.

시선을 느꼈는지 이르에도 메를리니를 쳐다봤다.

둘의 눈동자가 교차한 순간, 메를리니가 언제 그랬냐는 듯 눈길을 휙 돌렸다. 덕분에 이르에만 괜스레 무안해졌다.

이르에는 어깨를 가볍게 으쓱하며 귀빈실 구석에 기대섰

다. 그렇게 차분히 눈을 감고 얼마나 기다렸을까.

메를리니가 잘 꾸며진 머리를 내밀며 배시시 웃었다.

"뭐, 뭐야."

화들짝 놀라서 몇 걸음 뒤로 물러난 이르에를 바라보며 메를리니가 함박웃음을 터트렸다.

한편 머리손질을 마친 유지니는 얼른 메를리니와 이르에가 마실 찻잔을 준비해 왔다.

"고마워. 잘 마실게."

메를리니는 홍차를 후루룩, 한 모금 음미했다. 아직 몰리만큼은 아니지만, 이제 유지니도 제법 차를 타는 솜씨가 늘었다. 잘했다고 머리를 쓰다듬어주자 유지니는 강아지처럼 좋아라했다.

역시나 그런 모습 또한 이르에로서는 아직 익숙지 않았다. 확실히 메를리니와 유지니 사이에는 뭔가 말로 설명하기 힘든 뭔가가 존재하는 느낌이었다.

이르에는 차를 쭉 들이키고는 메를리니를 쳐다봤다.

"메를리니."

"응?"

"뭐 하나만 물어봐도 돼?"

"응. 뭔데?"

이르에는 잠시 머뭇거리다가 말문을 열었다.

"네 목적이 그 뭐냐…… 왕비를 쓰러트리는 거잖아?"

"그렇지. 그게 내 삶의 목표이자 이유야."

"나는 그래서 더더욱 궁금해. 사실 왕비가 네게 뭔가 해를 끼친 건 없었잖아. 적어도 내가 함께하는 동안은 그랬어. 그 피임약 말고는 딱히 네게 잘못한 건 없던데. 뭐, 유리그림자 산맥에서 암살기도를 하긴 했지만…… 흠흠. 뭐, 우리가 모르는 다른 이유가 더 있는 거야?"

"글쎄."

메를리니의 회귀 사실을 아는 것은 과거를 감상했던 은랑 레비나스뿐이었다.

레비나스의 아들인 르나이아가조차 몰랐고, 이르에나 유지니도 따로 말을 듣진 못했다. 그 구분선을 모르는 한, 메를리니가 시어머니를 이처럼 싫어하는 이유를 이해하기란 모호한 감이 없잖아 있었다.

그렇다고 그 애매함 때문에 유지니와 이르에가 메를리니에게 등을 돌릴 이유는 없었다. 두 사람은 메를리니의 삶의 이유 때문이 아닌, 그녀라는 사람 자체를 따르는 것이었으니까.

굳이 이르에가 왕비와의 관계를 물어봤던 건, 정말 궁금해서일 따름이었다.

"말해 주기 뭐하다면 말해 주지 않아도 돼."

"미안. 아직은 때가 아닌 것 같아서. 그냥 모성애 때문이라고 이해해 줬으면 해."

모성애.

그 단어가 의미하는 바를 이해하지는 못했지만, 이르에는 더 묻지 않았다. 두 사람의 화제는 금방 바뀌었다. 메를리니가 장난기 넘치는 목소리로 말했다.

"이르에는 남자친구 관심 없어?"

"무, 무슨 소리야. 뜬금없이."

"그냥. 나도 그냥 궁금해서. 나이도 찰대로 찼잖아. 솔직히 지금껏 남자 사귀어본 적도 없지?"

"있거든."

그렇게 딱 자르고 이르에는 턱을 괴고 생각에 잠겼다. 밀려오는 불안감을 애써 떨치려는 기색이 역력했다.

"그 반응을 보니 정말 한 번도 없었나 보네. 뭐 하면 내가 소개시켜줄까?"

"남 이사. 필요 없어."

이르에는 문을 박차고 나갔다.

쿵—

문짝이 닫히고 얼마간 정적이 흘렀다.

메를리니는 문 너머에서 느껴지는 인기척을 느꼈다. 뭐라 뭐라 하든 이르에는 수호기사로서의 임무에 충실했다.

이내 메를리니는 피식 웃으며 유지니에게도 똑같은 질문을 던졌다. 유지니는 얼굴을 붉히며 고개를 절레절레 흔들었다. 그 얼굴이 어찌나 귀엽던지 메를리니가 유지니의 볼을 쭉 꼬집어주었다.

이르에가 친구 같은 느낌이었다면, 유지니는 여동생 같은 분위기였다. 문득 메를리니는 이르에가 물어봤던 원한의 이유가 무의미해졌을 때를 떠올려다봤다.

만일 시어머니를 향한 원망과 복수심이 없다면…… 그때는 어떤 삶을 살고 있을까, 하는 막연함이었다.

"유지니, 답답한데 바닷바람이나 쐬러 가자꾸나."

"네. 마마."

두 사람이 귀빈실 나서자, 문밖에서 지키고 있었던 이르에도 뒤를 따랐다.

메를리니가 갑판 위까지 모습을 드러내니, 흩어져 있었던 호위병들과 궁녀들도 서둘러 뒤따라 붙었다.

선장이 헐레벌떡 달려와 보고를 올렸다.

"왕태자비 마마! 큰일 났습니다!"

"무슨 일인가요?"

"저, 저길 보십시오."

선장이 가리킨 곳으로부터 뭔가가 점점 다가오고 있었다. 꽤 먼 거리였음에도 확연히 보이는 덩치였다. 거대한 참치? 다랑어? 그렇게 생긴 생선과 그 뒤로 육중한 크기의 문어가 점점 가까워지고 있었다.

두 개체가 점차 접근해올수록 사람들의 긴장감이 올라갔다. 다랑어 위에는 특이한 모양의 귀를 가진 여인이 매달려 있었고, 문어의 옆으로는 귀가 없고 얼굴이 동그란 이들이 함께였다.

누가 봐도 여인이 쫓기고 있는 추세였다. 메를리니는 망원경을 받아서 좀 더 세밀하게 지켜봤다.

"마치 물고기와 인간이 뒤섞인 듯한 외모의 여인과, 흡사 문어인간을 연상케 하는 사내들. 그리고 거대한 다랑어와 문어. 으음, 머시안인가요? 그렇죠, 선장?"

"예, 예. 저희는 지금 아르카 해역을 지나는 중입니다. 그리고 저들은 머시안 중에서도 랑어족 튜나안, 그리고 문어족 오토안인 것 같습니다. 이대로는 부딪힐 우려가 있는데 어떻게, 방향을 돌릴까요?"

"그대로 가시고, 함포 사격 준비하세요."

"예? 함포 사격 말씀입니까……?"

"네. 혹시 모를 대비를 해야죠."

"그, 그렇지만 왕태자비 마마, 저들은 머시안입니다. 아르카 해역을 지나는 것은 상관없습니다만. 만약 공격을 하게 되면……."

"란비네 조약 때문인가요?"

"예, 예. 란비네 조약 때문에 저들도 저희에게 관섭하지 않는 것입니다. 그러나 행여 먼저 공격하는 쪽이 있다면…… 란비네 조약에 위배됩니다. 잘못하면 단순히 머시안들과 대립하게 되는 것 외에도, 제국과의 문제로도 발전할 수 있습니다."

란비네 조약.

74년 전, 루티아르 왕국은 다이헤르 제국과 머시안, 두 개의 세력과 조약을 맺은 바 있었다.

본디 아르카 해역은 남쪽의 랑기레 해역과 함께 다이헤르 제국과 루티아르 왕국 사이를 나누는 바다였다.

단지 랑기레와 달리 아르카에는 두 나라 이외에도 고대 때부터 존재해 온 세력이 하나 더 있었으니, 그게 머시안족이었다.

흔히 어인이라고 불리는 머시안들은 아르카 해역의 주인

이었다. 아르카 해역에는 특히 크고 작은 섬들이 즐비해서, 머시안의 여러 부족이 자리 잡고 있었다.

그래서 루티아르와 다이헤르는 머시안과 서로 전쟁을 벌이지 않고, 그 외의 적들이 쳐들어오면 해군을 비롯한 병력의 동조 및 지원을 하겠다는 란비네 조약을 체결한 상태였다.

그 조약 덕분에 평소처럼 해류를 따라 지나가면 머시안과 마찰 없이 지날 수 있었다. 서로 불가침 조약이기도 했고 머시안도 어느 정도 선에선 해역을 개방하는 편이었다.

메를리니도 이번 계획을 준비하면서 사전에 조사를 마친 직후였다. 란비네 조약의 의의와 그 여파 등등, 자신의 입장까지도 모두.

'흐음. 어찌 한다…….'

메를리니는 턱을 어루만지며 고민에 잠겼다. 그녀가 그렇게 시간을 두는 사이에도 거대 다랑어와 거대 문어는 빠른 속도로 다가오는 중이었다.

"이르에, 상황이 이렇다는데? 어떻게 할까?"

"모든 건 왕태자비의 의사에 결정 나겠지."

"그렇구나. 그럼 으음, 일단 개입하지 말자. 란비네 조약은 나도 쉽게 건드릴 수 없으니까."

"그러지."

이르에는 함포 사격 외에도 모든 공격 준비를 철회했다. 그녀의 지시에 따라 함선들은 자연스럽게 길을 터줬다.

함선들이 만들어 준 공간을 따라 다랑어와 문어, 그리고 머시안들이 지나갔다.

그제야 선장은 안도의 숨을 내쉬며 몸의 긴장을 풀었다. 뒤이어 메를리니의 지시 아래 함선들은 머시안의 구역과 일정 거리를 두고 정박하기로 했다. 닻을 내리고 그 자리에 머물며 저녁을 보냈다.

별다른 일 없이 평화로운 밤이 흘러가고.

어김없이 새벽 어귀가 찾아왔다.

배의 흔들림 때문인지 유지니는 더부룩한 속을 달래기 위해 갑판 위로 나왔다.

"조용하다."

주변을 경계하기 위해 돌아다녔던 선원들도 잠결에 빠져 든 시각이었다. 부드럽게 젖어드는 바람결 사이로 비린내 가 은은하게 전해져 왔다.

"응?"

무슨 소리가 들려왔다. 유지니는 품에서 단검을 꺼내 앞을 주시했다.

＊　　　＊　　　＊

이튿날, 아침이 밝자마자 메를리니는 화들짝 놀랄 상황과 마주하게 됐다.

갑판 한쪽에 사람들이 옹기종기 모여 북적거리고 있었다. 그곳에는 여섯 개의 팔이 꽁꽁 묶인 채 문어족이 쭈그려 앉아 있었다.

선원들은 도통 영문을 모르겠다는 얼굴로 자기들끼리 말을 주고받는 중이었다. 그 인파를 헤치고 메를리니가 문어족 오토안들 앞에 섰다.

"이게 무슨……?"

선장을 비롯한 모두에게 무슨 상황이냐고 물었지만, 돌아오는 답은 모르겠다는 내용뿐이었다. 이르에나 호위부대원들, 궁인들도 다 모르는 눈치였다. 그때 의외의 인물에게서 답이 나왔다.

"저, 실은, 마마, 제가……."

유지니가 쭈뻣거리며 자초지종을 풀어냈다.

지난밤, 오토안 사내들에게 쫓기던 튜나안 여인을 구해 줬다는 이야기였다.

상황이 긴박했고 슬슬 선원들과 마주치게 될까 봐 얼른 조처를 하려다 이렇게 됐다고 했다. 그 오토안 사내들은 보는 바와 같이 밧줄로 포박해서 갑판 위에 놔뒀고, 튜나안 여인도 부상을 입은 상태라 창고에 숨겨준 상태였다.

"그래서 그 튜나안 여인은?"

"네…… 데려오겠습니다."

유지니는 군말 없이 튜나안 여인을 데리고 왔다.

가까이에서 보니 과연 인간과는 외형이 달라도 많이 달랐다. 그나마 오토안들보다는 인간에 흡사했지만, 윤기가 흐르는 파란 피부에 비교적 큰 눈동자, 인간의 것과는 다른 깃처럼 생긴 귀. 옷차림도 천과는 다른 재질의 복장이었다.

유지니가 말한 대로 오른쪽 어깨 부위에 상처가 아직 그대로였다. 어깨의 통증으로 불편한 기색이 역력했다. 튜나안 여인은 묶여 있던 오토안들과 눈이 마주치자 시선을 확 돌렸다. 으슬으슬 몸을 떠는가 싶더니 유지니의 보호를 받으며 뒤로 숨었다.

유지니는 자신의 행동에 깊이 뉘우치는 기색이 만연했다. 자신이 바라는 걸 꿈꾸면서도 입장에 충실하려는 모습이 맞물리고 있었다.

그래서 메를리니도 쉬이 판단을 내리지 못했다. 메를리

니는 유지니가 보다 나은 삶을 살길 바랐으니까.

"후우. 어쩔 수 없나."

메를리니는 힘 빠진 얼굴로 오토안들의 앞으로 나섰다. 호위병들이 일정 거리를 두고 만일의 사태에 대비했다.

우두머리로 보이는 오토안이 성난 얼굴로 메를리니를 올려다봤다.

"루티아르의 아니만이여! 이곳은 아르카 해역! 우리 연해의 머시안들이 다스리는 구역이다! 어째서 우리를 공격하고 붙잡은 것인가? 우리의 일에 침범한 대가는 톡톡히 치러야 할 것이다!"

"무슨 일로 그러는지는 모르겠지만, 저희의 행동에 대해서는 사과드리겠습니다. 원하는 게 무엇인가요?"

"튜나안 계집을 내놔라! 또한, 우리에게 해를 가한 것에 합당한 대가가 있어야 할 것이다!"

"우리 아이의 말로는 공격을 가한 것은 어디까지나 당신들이 먼저라던데요."

"그, 그것은, 튜나안 계집이 뒤로 숨는 바람에 어쩔 수 없었다! 비켜주지 않으니 공격했을 뿐이다!"

"제가 알기로 이곳 아르카 해역은 서로 불가침 조약 하에 있어요. 어떤 이유에서든 먼저 공격을 가했고, 정당방위였다면 우리의 잘못은 아니겠죠. 오히려 우리에게 위해를 가하려 했으니 우리 쪽에서 손해배상을 청구하고 싶은 마음이네요."

"뭐라고? 이제 경고는 없다! 필요 이상으로 우리 일에 간섭한 대가를 치르게 될 것이다! 옥토퍼스!"

잔잔하던 바다가 무섭게 돌변했다.

배가 뒤집힐 듯 격렬한 파도와 함께 거대한 문어 옥토퍼스가 모습을 드러냈다.

옥토퍼스는 그대로 그 육중한 다리들로 배 상위를 덮쳤다.

쿠궁―!

거친 흔들림에 사람들이 중심을 잃고 엉덩방아를 찧기 일쑤였다. 옥토퍼스는 가장 가는 새끼다리로 오토안들의 밧줄을 풀어 주었다.

오토안들은 재빨리 바다로 뛰어들었다. 그들이 배를 벗어나기가 무섭게 옥토퍼스의 묵직한 일격이 갑판 한쪽을 뭉개버렸다.

나무로 만든 갑판이 무너져 내리면서 선원들 몇몇이 밑으로 떨어졌다. 갑판 밑에 있던 선원들은 이게 무슨 날벼락이냐며 혼비백산이었다.

호위부대가 나서서 옥토퍼스의 다리에 무기를 쑤셔댔지만 역부족이었다. 오히려 그들의 공격에 화가 난 옥토퍼스가 더욱 거칠게 날뛰어댔다. 옥토퍼스의 큰 다리는 방어가 무색하게 호위부대를 휩쓸어 버렸다.

"우어어어!"

옥토퍼스의 괴성에 선원들을 비롯한 호위부대까지 아연질색이었다.

"뭐, 뭐야. 이 괴물 같은……."

"괴물 같은 거기는. 괴물 그 자체구만. 어지간한 마나 기어나 건물보다도 큰 문어잖냐……."

사람들이 섣불리 공격하지 못하자 옥토퍼스는 더 신나서 날뛰었다.

인근을 둘러싸고 있던 함선들도 섣불리 공격하지 못했다. 자칫 아군의 배에 맞을까 하는 우려 때문이었다. 무엇보다도 옥토퍼스가 덮치고 있는 배에는 왕태자비가 타고 있었다.

"우어어어!"

옥토퍼스의 거대한 공격은 수차례 병사들을 나가떨어트렸다. 간혹 메를리니에게로 쳐올 때면 이르에와 유지니가 합심해 저지했다.

하지만 이대로 막기만 해서는 진전이 없었다. 메를리니는 이르에와 유지니도 공격에 가담하라 지시했다. 잠시 머뭇거리나 싶었던 유지니는 이르에가 나서자 곧 자신도 달려들었다.

두 사람은 옥토퍼스의 맹렬한 공격을 이리저리 피해내며 거리를 좁혀갔다. 그러나 점점 치고 들어갈수록 힘에 부치기 시작했다. 위협을 느낀 옥토퍼스가 내뻗었던 모든 다리를 수세로 전환하면서 접근의 폭이 확 줄어버렸다.

"크으. 이 문어대가리가. 유지니, 일단 좀 물러나자."

"네."

둘이 태세를 갖추기 위해 뒤로 물러나려고 한 그순간.

그 빈틈을 지나 옥토퍼스의 다리 한쪽이 메를리니에게로 뻗어 갔다. 황급히 병사들이 나서서 막으려 했으나 그들 모두를 날려 버리고 그대로 치고 들어갔다.

"메를리니!"

"마마!"

이르에와 유지니의 목소리가 닿기도 전에 메를리니는 옥토퍼스의 공격을 맞닥뜨렸다.

눈을 질금 감고 두 손을 든 그때, 눈부신 빛과 함께 보호막이 생겨났다. 메를리니의 정면에 생겨난 보호막은 옥토퍼스의 공격을 튕겨 냈다. 그 후에도 얼마간 보호막의 기운은 사라지지 않았다.

이윽고 보호막의 기운이 스르르 사라지면서 메를리니의 종목걸이로 스며들었다.

"이, 이건……."

메를리니는 차분히 마음을 가라앉히고 종목걸이를 만지작거렸다. 종으로부터, 손길로, 몸으로, 뇌리로, 종에 담긴 기운이 전해져왔다. 머릿속으로 여신의 종을 사용하는 방법에 대한 내용이 느낌으로 전달됐다.

메를리니의 감겼던 눈이 다시 떠지자, 주변 공기가 한 차례 팽창거리며 흩어졌다. 인근 모두가 공기의 진동을 느꼈고, 그중에서도 가장 크게 느낀 것은 덩치가 큰 옥토퍼스였다.

옥토퍼스는 메를리니의 몸에서 퍼져 나오는 은은한 기운에 주저했다. 본능이 거부하고 있었다.

함선 주변에서 헤엄치며 상황을 관망하고 있었던 오토안들도 옥토퍼스와 비슷한 심정이었다. 그들의 기억이 맞는다면, 이건 단순히 마법이나 눈속임이 아니었다.

메를리니가 가볍게 손짓하자 옥토퍼스가 움찔거렸다. 그녀는 머뭇거리는 옥토퍼스를 뒤로하고 이르에와 유지니를 불러 세웠다.

그녀의 빠른 말씨로 하여금 급조한 작전내용이 설명됐다. 작전을 듣자마자 이르에와 유지니는 노발대발 반발했다.

"무슨 헛소리야! 그게 말이나 돼?"

"마마, 이건 제가 생각해도⋯⋯."

"됐어. 어차피 지금으로선 달리 방법이 없어. 두 사람 다 잔말 말아. 자, 시작하자."

메를리니는 둘의 만류를 뿌리치고 앞으로 나섰다. 그녀의 날 선 표정에서 강건함이 드러났다.

잰걸음으로 한 발자국씩 내디딜 때마다 옥토퍼스가 주춤거렸다. 그러다 슬슬 옥토퍼스도 화가 났는지 눈을 부라리며 공격을 감행했다.

메를리니는 왼손에 여신의 종을 꾹 쥔 채 오른손 검지로 옥토퍼스를 가리켰다. 그녀의 손가락과 옥토퍼스의 다리가 동선에 놓였다.

파칭—!

옥토퍼스의 다리가 메를리니의 정면에 생겨난 보호막에 튕겨 나갔다. 아까의 것보다 더욱 견고하고 단단한 방어막이었다. 강렬한 파장까지 일어서 옥토퍼스는 공격하면 할 수록 오히려 밀려나기 일쑤였다.

"꾸어어어!"

옥토퍼스가 거칠게 소리치며 다시 덤벼들었다. 여러 개의 굵직한 다리가 사방에서 메를리니를 덮쳤다. 나름 사각을 노린 공격이었지만 사각은 없었다.

메를리니를 중심으로 생성된 원형의 방어막이 옥토퍼스의 공격을 막아 냈다. 결국 옥토퍼스는 충격의 여파로 자세를 무너트리고 주춤하기에 이르렀다.

"지금이야! 이르에! 유지니!"

"알겠다고! 으라차!"

이르에가 온몸을 던져서 장창을 던졌다. 장창은 매섭게 바람을 가르며 옥토퍼스의 머리 쪽으로 날아갔다. 허공을 가르는 장창과 함께 뛰어들었던 유지니가 장창을 디딤돌 삼아 날아들었다.

그녀는 순식간에 옥토퍼스의 머리 위까지 다다랐다. 옥토퍼스는 미처 대응을 못 하고 공격을 허용하고 말았다.

푸슉—

유지니의 단검이 명료한 궤적을 그렸다. 옥토퍼스의 이마에 박혀 있던 푸른 보석이 가루처럼 흩뿌려졌다.

"구어어어!"

옥토퍼스가 괴성을 내지르며 몸부림쳤다.

유지니는 재빨리 옥토퍼스와 거리를 벌렸다.

한참을 울부짖는가 싶더니 끝내 옥토퍼스는 줄행랑을 택했다. 잇따라 오토안들도 옥토퍼스의 꽁무니를 따라 도망치기 바빴다. 몇몇이 뭐라 욕지거리를 해댔지만 메를리니는 그다지 신경 쓰지 않았다.

여차하면 정당방위를 내세울 참이었다. 뭐 그게 아니더라도 메를리니는 유지니의 뜻을 관철시켜주고 싶었다. 어느새 유지니는 랑어족 튜나안 여인에게 다가가 상태를 살펴보는 중이었다. 그런 유지니의 모습을 바라보며 메를리니는 빙그레 웃었다.

함선들은 전열을 가다듬고 인근에 있던 낮을 그린 섬으로 뱃머리를 돌렸다. 낮을 그린 섬은 대대로 랑어족 튜나안들이 다스리고 있었다.

머시안족이 살고 있는 아르카 해역에는 크고 작은 섬이 셀 수 없이 많았지만, 실질적으로 머시안족이 살고 있는 곳은 크게 일곱 개의 섬으로 나뉘었다.

각각 여섯 종족이 다스리는 여섯 개의 섬과, 중앙쯤에 위치한 수왕의 섬이 그것이었다. 일곱 개의 섬은 여타 다른 섬과는 그 면적이나 자연경관 등등, 모든 면에서 잘 갖춰져 있었다.

낮을 그린 섬은 일곱 개의 섬 중에서도 서쪽의 해역을 관할하는 랑어족의 본섬이었다. 함선들이 열을 맞춰 섬 해안까지 다다르자, 해안가로 튜나안들이 삼삼오오 모여들기 시작했다. 함선 주변 바닷물에서도 튜나안들이 속속 얼굴을 내밀었다.

튜나안들은 언제라도 덤벼들 것처럼 살기등등했다. 그들이 선제공격을 감행했을 때를 대비해 함선들도 수비에 만반을 기했다.

긴장감이 고조돼가는 시점.

유지니 옆에 있었던 튜나안 여인이 뱃머리 앞으로 걸어 나왔다. 그녀가 머시안의 고유 언어로 말문을 틀자 인근 튜나안들이 뿔뿔이 흩어졌다.

메를리니는 튜나안 여인으로부터 괜찮다는 설명을 들은 뒤에야 함선들을 낮을 그린 섬에 정박시켰다.

흔히 알고 있는 인어와 달리 어인족 머시안은 모두 인간과 마찬가지로 이족보행이 가능했다. 그들은 메를리니 일행이 낮을 그린 섬의 중심부로 가는 동안에도 일정 거리를 두고 뒤따랐다.

한 번씩 튜나안 여인이 고개를 가로저을 때면 모습을 감쳤다가도 다시 나타났다.

메를리니는 대체 왜 그러나 싶다가도 문득 진부한 가설이 머리를 스쳐 갔다. 그녀는 지그시 미소를 흘리며 다음 상황을 당당히 맞이했다.

*　　　*　　　*

랑어족 족장 알케모는 잘게 헛웃음을 내쉬었다.

자신의 집에 불쑥 찾아온 이가 루티아르 왕국의 왕태자비라는 것이 놀라웠다. 더욱이 그녀가 자신의 손녀를 구해 줬다는 사실도.

돌처럼 단단한 거대 산호초로 만든 집의 이면저면에서 바닷바람이 잔잔하게 들어왔다. 메를리니가 으슬으슬 떨자 이르에가 담요를 가져와 덮어주었다.

알케모는 방 한구석에 서 있던 손녀를 흘끗 쳐다봤다. 손녀를 구해 준 은혜, 그리고 그에 따라 상대방이 원하는 바. 무엇 하나 가벼이 볼 수 없었다.

게다가 하필이면 상대방이 원하는 바는 자신이 원하는 바이기도 했다. 그러나 그 이상으로 중요한 문제가 있었다. 알케모는 상대방이 원하는 것을 잠시 접어 두고, 현 상황을 되짚어볼 의지를 다졌다.

"왕태자비, 알다시피 머시안은 6개의 부족으로 나뉘오. 랑어족과 문어족, 오어족, 상어족, 소어족, 경어족이외다. 관례대로 우리 6부족은 2년마다 돌아가며 새로운 수왕을 뽑고 있소. 지금껏 모든 부족이 그 기준에 입장을 두고 있었는데……."

알케모의 얼굴에 자못 근심이 어렸다.

"근래에 문어족—오토안이 문제를 일으키고 있소. 그들의 새 우두머리 라이코가 문제였지. 그는 2년마다 정권이 바뀌는 것에 불만이 많았소. 이번과 같은 일도 그 때문에 벌어진 것이오."

"그래서 저희와 함께 나머지 5개 부족이 힘을 합치면 되는 것 아닌가요?"

"5개 부족이라고 해 봐야…… 본디 오어족—커크안은 오토안과 형제지간이나 마찬가지요. 둘은 이미 힘을 합친 상태요. 문제는 상어족—샤크안과 경어족—헤리안. 이 둘은 원래부터 세상을 방관하듯이 바라보는 부족. 결국 전쟁이나 전투와는 거리가 멀었던 우리 랑어족과 소어족만이 사태를 인지하고 있소."

메를리니는 턱을 괴고 알케모의 이야기를 듣다가 문득

궁금해 물었다.

"그래서 그들이 행하는 방식이란 게 대체 뭔가요?"

"볼모를 잡는 것이오."

"볼모요?"

"그렇소. 인질을 잡아서 반협박 하에 자신들의 의지를 관철시킬 심산이오. 그래서 바다로 마실을 나가거나 돌아다니고 있는 여성들을 집중적으로 노리고 있소. 이미 몇몇 젊은 여성들이 잡혀간 상태이지만, 우리나 소어족은 꿈쩍하지 않고 있소. 그래서 이제는 보다 강경하게 나오고 있는 것이오."

알케모는 눈짓으로 자신의 손녀를 가리켰다.

"가령 이번처럼 내 손녀를 노린 것도 그 수법의 일종이오. 후우…… 내 손녀를 구해 줘서 정말 감사하는 바요. 하나 딱 여기까지요. 설사 당신이 우리를 도와준다고 할지라도, 우리는 그 손을 잡아줄 수 없소."

"이유를 여쭈어도 될까요."

"왕태자비도 알고 있다시피 란비네 조약 때문이오. 연해의 일부를 차지한 아르카 해에서 살고 있는 우리 머시안이 두 나라와 그런 조약을 맺은 것은 간단하오. 외세의 침략도 없고, 외세의 도움도 없이, 우리도 외세에 위압을 가하지 않은 채, 우리만의 세상을 일궈나가기 위함이었소."

"그랬죠."

"그러나 행여 루티아르 왕국이나 다이헤르 제국의 도움을 어느 부족 하나라도 받게 된다면? 당신은 정녕 일말의 사심 없이 우리와 관계를 맺을 참이오? 당신의 개입으로 인해 오토안이나 커크안이 다이헤르 제국을 비롯한 다른 아니만들을 끌어들인다면? 망할 땐 망하더라도 우리는 우리끼리 망할 것이오."

알케모는 쓰읍, 입맛을 다셨다.

"애초에 당신은 이번 개입으로 인해 파생될 다이헤르 제국과의 정전을 감당할 자신이 있소? 한쪽의 개입은 다른 한쪽의 개입마저 낳게 되는 것이지. 그리고 그 싸움에서 당신이 이기게 될지언정, 그 과정 속에서 피해 입었을 우리의 속을 당신이 헤아릴 수 있을까."

알케모는 슥 고개를 가로저었다.

"나는 솔직히 믿을 수 없소. 그저 우리와 당신의 연은, 랑어족장의 손녀를 구해 준 은인 정도. 도망친 오토안들이 아니만을 언급할지라도, 그 정도는 당신들에게 피해가 없도록 내가 조처를 해 주겠소. 그러니 더 정보가 새어 나가기 전에 마저 갈 길을 가시길 바라오."

그렇게까지 말하니 메를리니도 어느 정도 심사숙고할 필요가 있었다.

"알겠습니다. 그 정도로 단호하시다면, 저도 더 고집을 부릴 생각은 없어요. 무엇보다 당신이 말씀한 그 조건들을 헤아릴 능력이 지금의 제게는 없으니까요. 그저 제가 아끼는 아이의 부탁이 가능한 것인지, 제 스스로 잣대를 놓고 오지랖을 부리려 했던 것 같습니다."

메를리니는 옷 속에 쟁여두었던 종목걸이를 꺼내서 보여주었다.

"하나 언제라도 도움이 필요하시다면, 그때는 주저 없이 말씀해 주세요. 저 메를리니 폰 루티아, 여신의 종의 이름을 걸고 제가 한 말에 책임을 지겠습니다."

종으로부터 은은한 빛이 내비쳤다. 알케모의 눈이 휘둥그레 했다. 그의 눈이 틀리지 않는다면, 종의 빛은 언제고 본 적이 있는 것이었다.

"자, 잠깐…… 여신의 종? 그것이 정녕 여신의 종이란 말이요……?"

"아뇨. 저도 정확한 명칭은 모르지만, 일단 그렇게 부르고 있어요."

알케모는 고개를 절레절레 흔들고 다시 쳐다봤다.

"아니. 그것은 여신의 종이 맞소. 나는 지난날, 여신의 도구를 본 적이 있기에 확신할 수 있소. 그 종에서 발하는 빛은 결코 거짓이 아니오. 내 일생 동안 두 번이나 신의 축복을 보게 될 줄이야……."

"신의 축복이라고요?"

"그렇소. 두 주신과 성신들께서 자신의 정수를 담아 창조해낸 도구들. 어디까지나 해당 신들의 은덕을 받은 이들만 소유할 수 있다고 들었소. 내 비록 당신이 우리 머시안족 일에 끼어드는 것을 허락할 순 없지만, 내 손녀를 구해 준 보답으로 당신께 도움이 될 정보를 하나 알려드리겠소."

메를리니는 고개를 갸우뚱했다. 괜히 종목걸이를 만지작거리기도 했다.

알케모는 손녀를 불러서 귀엣말로 무어라 속삭였다. 손녀는 알겠다는 듯 고개를 끄덕였다.

이윽고 알케모가 수행원들을 데리고 집을 나가고, 손녀에게 자초지종을 들은 메를리니 일행도 집을 나섰다. 자신을 아나미아라고 밝힌 손녀는 메를리니 일행을 낮을 그린 섬의 북쪽으로 데려왔다. 아나미아의 인도에 따라 메를리니 일행은 해안 모래사장까지 다다랐다.

메를리니는 영문을 모르겠다는 얼굴이었다.

아나미아가 말했다.

"저희 머시안이 모시는 신은 12성신 중 한 분이신 물의 여신 아르멜디 님이십니다. 아르멜디 님은 주로 물을 관장하시지만, 또한 지식과 지혜의 여신으로도 불리시죠. 당신들 아니만은 신탑 요네룬을 지혜의 중심이라 여기고 있지만, 그것은 반만 맞는 이야기예요."

아나미아는 모래사장에 손을 내려놓았다. 그녀의 손등에 푸른 기운이 감도나 싶더니 지반이 흔들리기 시작했다.

드드드―

아무렇게나 요동치던 푸른 기운이 아나미아의 앞에서 한 점으로 모여들었다. 푸른 기운을 중심으로 인근의 모래가 몰려들면서 서서히 모래탑의 형태를 갖추었다.

"연해와 청해의 모든 머시안은 신의 목소리를 지식의 기틀로 삼는답니다. 대대로 각 부족의 그릇을 잇는 자는, 아르멜디 님의 목소리를 이을 수 있는 자. 튜나안의 아나미아가 아르멜디 님의 목소리를 잇습니다."

아나미아의 목소리에 공명하듯 모래탑 한 알, 한 알에서 푸른 윤곽이 드리웠다. 푸른빛의 선은 모래탑 꼭대기로 모여서 그대로 메를리니의 종목걸이로 쏘아졌다. 어리둥절한 메를리니를 아나미아가 바라봤다.

"모래탑의 목소리가 당신의 목걸이를 향하고 있어요. 물의 여신 아르멜디 님을 기리는 탑에는 신계의 지식이 흩어져 있다고들 하죠. 하나 저희조차 그 신의 지식을 보거나 들은 적이 없답니다. 그러나 그 목소리를 들을 수 있는 이들은 분명 존재하고 있죠. 오래전부터…… 줄곧 있어 왔고, 근래에는 다이헤르 제국에서 넘어온 분도 계셨죠."

"혹 그 사람은 이름이 어떻게 되나요?"

"레인이라는 이름의 남성분이었어요."

"레인? 설마 레인 디너즈?"

"아. 네. 성은 디너즈였던 것 같네요."

메를리니는 손으로 턱을 어루만지며 콧소리를 냈다.

이르에가 의아하다는 듯 물었다.

"메를리니, 대체 그게 누구길래 그래?"

"다이헤르 제국 2황자의 세력권을 지지하는 굵직한 신예. 말이 신예지, 그의 성장세는 단순히 그것뿐인 게 아니야. 아직은 아니지만, 훗날 바람의 재상이라고 불리며 제국의 3대 세력 중 하나를 관할하게 될 지도 모를 자니까. 그리 되면 능히 제국의 판도를 집어삼켜버릴 사내. 바람의 재상 레인 디너즈…… 아나미아, 혹시 그 사람은 무슨 도구를 갖고 있었나요? 쌍검이라든가?"

"잘 아시는군요. 맞아요. 그분은 바람의 쌍검을 소유하고 계셨어요. 그 두 자루의 검이 있었기에 지식의 탑과 대화가 됐던 것이고요."

"네. 저도 지금 그걸 느끼고 있어요. 모래탑으로부터 제게로 전해지고 있어요."

여신의 종의 사용법에서부터, 이 세상에 근간을 둔 수많은 지식이 단편적으로 보이고 느껴졌다.

분량으로 놓고 본다면 수십, 수백 권의 책을 읽었어야 할 수많은 지식이 머릿속으로 스며들었다. 여신의 종과 모래탑이 자아내는 공명의 빛은 한참이 지난 뒤에야 멎었다.

지식의 숨결을 이어받은 뒤에는 더욱 명확히 상황이 판단됐다. 메를리니는 살며시 마음을 가다듬었다. 당장은 뭘 어떻게 하든 어인섬의 문제를 해결해 줄 수 없었다. 그녀는 미련 없이 랑어족의 섬을 뒤로 했다.

함선들은 뱃머리를 돌려 다시 에티로카로 향했다.

메를리니는 점점 멀어져 가는 낮을 그린 섬을 바라봤다. 괜스레 주먹을 부르쥐었다가 펴보기도 했다.

이르에가 다가왔다.

"왜? 이대로 떠나는 게 아쉬워?"

"아니. 딱히 그렇지는 않아. 그나저나 르나이아가는 잘하고 있으려나. 역시 이르에, 네가 갔어야 했나?"

"뭐 어쩔 수 없지. 게임에서 진 거니까. 설사 제비뽑기 같은 간단한 게임이었을지언정 룰은 룰. 결과에 승복하고 자신의 임무를 착실히 수행해야겠지."

"냉정한걸. 물론 방식은 그랬지만, 그 임무 굉장히 중요한 거야."

"애초에 시킨 건 너잖아."

메를리니는 고개를 갸웃 하며 웃었다. 배의 진로 저편으로 석양이 지고 있었다. 어쩐지 머시안의 땅에서 한 달은 지냈던 것만 같은 기분이었다. 실제로 지난 시간은 고작 며칠이었는데, 어쩐지 그런 기분이었다.

제4장

파란의 에티로카

『유지니는 생각했다. 궁녀나 기사, 병사, 거기다 귀족까지 가릴 것 없이 그녀에게 동화되었다고. 그렇지 않고서야 왕태자비가 제안했다고는 해도 저토록 즐겁게 게임에 임할 리 만무했다. 제비뽑기 같은 놀이를 하면서.

　　　　　　　　　　　　　　　　　　　　　-유지니의 독백 中-』

　루티아르 왕국은 동쪽의 다이헤르 제국과 미묘한 경계를 유지하고 있었다. 그 작디작은 경계선이 있었기 때문에 루티아르 왕국은 제국과 직접적으로 대립하지 않을 수 있었다.

　세계지도로 보면 왕국과 제국은 아주 얇디얇은 면적을 두고 맞대고 있었다. 그 대지의 바로 아래는 바다였으니 사실상 두 나라가 티격태격하는 것은 그 좁은 지역에서 하는 게 옳았다.

지상에서의 전쟁이나 상업적 교류도 모두 그 좁디좁은 접점에서 이뤄지기 일쑤였다.

그렇다 보니 바다를 경유하는 노선이 발전할 수밖에 없었다.

왕국 남동부의 해역도시 하나가 양국의 상인들이 교류하는 상업도시로 바뀌어갔다. 상업의 요지로 발전한 만큼 도시 하나의 크기가 웬만한 영지 두 개를 합친 정도였으니 실로 놀라운 경우였다. 그 도시의 이름은 에티로카였다.

근래 들어 에티로카는 꽤나 시끌시끌한 사건들로 들끓었다.

첫 번째는 딱히 사건이라고 보기는 어려웠던 데다가, 에티로카뿐만 아니라 다른 지역에도 꽤나 영향을 주고 있는 이슈였다.

몇 달 전, 도적단에게 붙잡혀 기적적으로 구출됐던 왕태자비가 이번에도 여러 지역을 돌아다니고 있다는 소문이었다.

언제는 왕국 북부로 가서 군비를 정비했다는 등, 때로 자유접경지대에 찾아가 용병왕 다난 베커스를 만났다는 등, 결코 한 나라의 왕태자비로서는 상상이 안 될 이야기들이었다.

그 불씨가 에티로카로도 떨어졌던 게 이슈의 중심이었지만 실제로 그녀를 본 사람은 없었다. 소문만이 감돌고 있었을 뿐.

두 번째는 왕태자비 시리즈를 미세한 차이로 제압한 또하나의 소문이었다. 새롭게 떠오른 현상금사냥꾼에 대한 것이었는데, 그가 이름 없는 수배범에서부터 대단한 악당들까지 모조리 잡아들인다는 이야기였다.

흑발의 현상금사냥꾼은 그 실력이 어찌나 신출귀몰하고 뛰어났는지 이름도 제대로 알려지지 않았다. 별명이 검은 그림자라는 것만이 헌팅 레귤러들 사이에서 맴돌았다.

그리고 마지막으로 에티로카에서 가장 큰 이슈로 작용되고 있던 사건이 있었으니, 두 상단의 대립이었다.

평소 에티로카는 소규모 상단은 물론 거대한 상단까지 즐비했다. 실제로 두 나라에 연고를 두고 있는 상단뿐만 아니라, 저 멀리 동방의 한 대륙이나 서방의 비자 대륙에서 넘어온 상단들도 더러 있었다.

물론 최근에 서로 쌍심지를 켜고 첨예하게 대치하고 있던 두 세력은 순수 에티로카 관련 소속이었다.

근래에 에티로카의 밤은 조용하고 또 언제 터질지 모를 암묵으로 흘러가는 중이었다.

문제의 두 상단이 치고받는 사태는 상당히 심각했다. 간혹 무기를 보급해 주는 상단들도 생겨나서 문제는 날로 커져갔다. 에티로카는 자유도시 혹은 무법도시에 속했기 때문에 영주가 있지도 않았고, 딱히 규제하는 군대도 없었기 때문에 가능한 일이었다.

화르르륵—

지금 막 피어오른 자그마한 불길은 점점 더 커져갈 것이었다. 불씨를 뿌린 이들은 어둠을 틈타 상대편 식량창고에서 모습을 드러냈다.

그들은 한가득 식료품들을 모두 빼 와선 마차에 실었다. 마차의 한계 무게까지 싣고는 나머지 물건들은 분배해서 직접 들기로 했다.

횃불을 들고 있던 이들이 횃불을 던져 식량창고의 발화작용을 가속화시켰다. 방금까지도 작았던 불씨가 순식간에 짚더미에 옮겨 붙어 큰 화재를 낳았다.

연쇄 작용으로 이젠 거대한 화신처럼 변한 불길을 바라보며 히죽거리고 있는 남자. 그는 통쾌하게 웃으며 외쳐 댔다. 흡사 광기에 미친 사람처럼.

"와하하! 활활 불타올라라!"

불길이 바로 앞까지 다다랐음에도 미친 듯이 웃어 댔다.

결국 그 옆에 있던 동료가 그를 붙잡았다.

"이봐! 그러다 불길에 휩싸여버린다고! 빨리 가자! 곧 있음 그랑디아의 졸개들이 들이닥칠 거야!"

"하하하! 활활 불타라!"

"으이구!"

결국 그는 동료의 허리춤을 동여잡고서 끌고 갔다.

화염은 삽시간에 창고 전체를 뒤엎어버렸다. 창고를 털었던 무리는 그 찢어져가는 불의 형상을 보며 계면쩍을 미소를 주고받았다.

그렇게 창고가 와르르 무너져 내릴 찰나였다.

식량창고의 원 주인들이 우르르 몰려오고 있었다. 그들은 수시로 무너져 내린 창고를 돌아보며 이를 박박 갈았다.

"이 자식들! 이런 몹쓸 짓을 잘도 했겠다!"

"너희가 그러고도 인간이냐!"

"말로는 신사인 척 나불대더니 고작 하는 짓이 이거냐? 거지같은 체페트 상단 자식들!"

그들의 욕지거리가 무색하게.

체페트 상단의 무리는 황급히 남은 곡식을 마차에 마저 싣고는 빠르게 줄행랑을 쳤다. 착실하게 훈련을 받았는지 딱 마차가 제 속도를 낼 수 있을 만큼만 식량을 챙긴 상태였다.

그 탓에 그랑디아 상단의 단원들은 쉽사리 뒤를 덮칠 수가 없었다. 화승총에 화약을 채워 넣고 갈겨봤지만, 철판으로 가려 놓은 마차의 뒤쪽은 바퀴조차도 완전방어였다.

그때 갑작스러운 일이 벌어졌다. 이를 악물고 총을 난사하고 있는 그랑디아 단원들에게는 갑작스러운 일이었지만, 체페트 단원들에게는 당연한 상황이 근처 건물 옥상에서부터 연출됐다.

"삭제."

작은 목소리였지만 밤공기를 타고 흐른 탓에 그랑디아 단원들의 귀에까지 들려왔다.

뜬금없는 대사에 단원들이 움찔한 순간. 그들이 들고 있던 몇몇 화승총들이 스르르 사라져 버렸다. 단원들은 빈손을 돌아보며 어리둥절했다.

"……뭐, 뭐야?"

"지금 무슨 일이 일어난 거지?"

"위다! 저 건물 옥상이야!"

단원들은 우왕좌왕하며 저 멀리 건물 옥상을 쳐다봤다. 밤하늘을 밝은 빛으로 물들이듯 은은한 빛깔의 노란 사슴과, 사슴 위에 다소곳이 앉아 있는 소년의 모습은 한마디로 특이했다.

이윽고 소년이 다시 손짓하며 뭐라 중얼거리자 남은 화승총들도 몽땅 소멸해 버렸다. 그제야 단원들은 사태의 심각성을 인지하고 줄행랑치기 바빴다.

우두머리까지도 흐트러진 진형을 제대로 통솔 못 하고 혼란한 가운데.

홀로 평정심을 유지하고 있는 이가 있었다. 그 사내는 군용 모자를 벗어젖히며 저 멀리 옥상을 바라봤다. 보일 듯 말 듯 웃음을 머금고 있는 소년을.

사내는 객기나 부릴 줄 아는 소년이 부랴부랴 자리를 벗어날 줄 알았다. 그러나 소년은 그런 기대를 인정사정없이 걷어 차줬다.

소년은 아무런 움직임도 보이지 않은 채 무언가를 유심히 바라보고 있었다. 처음 사내는 소년이 무엇을 그리 보고 있나, 스스로에게 의문을 던졌지만, 곧 그 대상이 누군지 알 수 있었다. 바로 사내 자신이었다.

둘은 의미심장하게 서로를 마주 보았다. 거리가 있어 얼굴 윤곽조차 제대로 보이지 않는…… 그저 아, 보고 있구나, 하는 시선의 느낌뿐.

무미건조한 얼굴로 둘은 계속해서 쳐다봤다. 먼저 상대

를 응시했던 사내가 단원들의 재차 부탁에 혼란을 헤치며 이동하고, 소년이 사슴과 함께 유유히 사라지기 전까지.

*   *   *

상단복을 잘 차려입은 것처럼 보이지만 다소 엉성한 감이 없잖아 있었다. 옷이 너무 커서? 그렇지는 않았다. 그저 선천적으로 격식에 맞춘 옷과는 어울리지 않는 듯했다. 그렇다고 외모가 부실하지는 않았다.

사내는 모자를 벗어서 옆 걸상에 올려놓았다. 그는 원래 자기가 입고 다녔던 옷으로 갈아입고 탈의실을 나왔다. 복도를 지나자 슬슬 그랑디아 상단 관할의 주점으로 나오게 됐다.

"어이, 정말 일 그만두려고?"

"뭔가 좀 아쉽구만."

상단 동료들이 한사코 떠나지 말라고 말렸지만, 사내의 의지는 확고했다. 그는 이제 마지막이니 자기가 쏜다며 주점 음식 값을 모두 지불해 주었다. 그렇게 동료들의 송별회를 끝으로 그랑디아 상단에서 나왔다.

사내는 잠깐 여비를 털어 도시 언저리에 있는 옷가게에

들렸다. 그는 원래 입고 있었던 고급스러운 옷을 주인장에게 맡기고, 평범한 옷으로 환복했다.

옷가게를 나와 얼마쯤 걷다 보니 어느덧 중앙거리를 지나 혼잡한 거리로 접어들었다. 코끝을 울리는 생선비린내로 대충 어딘지 짐작이 갔다.

장터. 활기의 중심부라 할 수 있는 시장터였다.

혼잡한 거리를 헤치던 사내는 문득 누군가가 자신을 미행하고 있다는 기분이 들었다. 무수히 많은 사람 중 착각한 것일 수도 있었지만 간과하지는 않았다.

사내는 적당한 곳에 멈춰 서서 청각에 온 신경을 집중했다. 주변 모든 소리가 꺼져 버린 것처럼 조용해졌다.

그리고 어느 순간.

목표로 정했던 소리가 들려왔다.

갑자기 멈춰 선 사내의 움직임에 의아해하는 목소리였다. 소곤거리던 음성은 이내 사내가 눈치챘다는 결론을 내리며 멀어져 갔다.

그리고 얼마를 더 걸었을까.

다시금 미행이 붙었다.

사내는 어이가 없다는 듯 혀를 차며 가던 길을 마저 갔다. 그러다 대뜸 발걸음을 돌려 일부러 인형가게로 들어갔다.

가게주인이 의아한 시선으로 보든 말든 이것저것 둘러보고는 바깥으로 나왔다. 다시 걸음을 재촉하고 보니 어느덧 중앙거리를 지나 혼잡한 거리로 접어들었다.

그래도 미행은 여전했다.

사내는 아무도 없는 골목길로 들어서더니 골목에 세워져 있던 낡은 책장을 엎어버렸다.

와장창!

책장이 산산조각남과 동시에 골목 어귀에 몸을 숨겼다.

짧은 정적을 깨고 누군가가 책장 잔재를 빠드득 밟는 소리가 들렸다. 방금까지 사내를 따라다녔던 미행자였다. 그는 조심조심 발걸음을 내디뎠다.

그때 재빠른 주먹이 그의 얼굴 옆을 훑고 지나갔다. 그가 잘 피한 건 아니었다. 일부러 맞추지 않은 셈이었다. 식은 땀이 뺨을 타고 흘렀다.

"……"

미행자는 땀을 훔치며 앞을 쳐다봤다.

사내가 잔뜩 인상을 찌푸린 채 서 있었다. 그는 언제라도 매서운 공격을 날릴 듯이 주먹을 꽉 쥐고 있었다. 눈빛에도 살기가 아주 가득했다.

"왜 나를 따라다녔지?"

"그, 그건……."

"쥐도 새도 모르게 세상과 안녕하고 싶지 않다면야."

사내가 천천히 다가오자 미행자는 뒷걸음질로 물러났다. 이내 벽에 막혀 더 가지 못하게 되자 몸이 사시나무처럼 떨려 왔다.

"다, 당신의 정체를 파악하라는 분부를 받았소……."

"그게 누구지?"

"그, 그건 말해 줄 수 없소……."

한순간, 사내의 주먹이 미행자의 얼굴 옆으로 뻗어 나갔다.

그대로 꽂힌 주먹은 벽을 으스러트릴 파괴력이었다.

미행자는 자신의 어깨 위에 돌무더기가 스르르 떨어지자 깜짝 놀랐다. 진짜 까딱 잘못하면 죽을 수가 있었다. 지금 자신이 대면하고 있는 상대가 의뢰자가 말한 그자가 맞는다면.

"아, 알려드리겠소. 호, 혹시 콩이라고 들어봤소?"

"콩? 먹는 콩?"

"하하하…… 이거 의외로 정보력은 낮으시구려. 콩은 그 사람이 쓰는 별명 같은 거요. 뭐 진짜 이름을 아는 사람이 없어서 거의 이름처럼 됐지만."

사내는 고개를 갸우뚱거렸다.

"그래서 그 콩이라는 사람이 의뢰자라는 거야?"

"그, 그렇소."

"그럼 어째서 날 미행하라고 시킨 거야?"

"그건 저도 모르오. 나 같은 조직의 말단이 뭘 알겠소. 그냥 콩이 윗선에 의뢰를 했고, 나는 그 윗선에게 명령을 받은 것밖에 없소."

사내는 턱을 괴었다가 이내 입을 뗐다.

"그럼 좋아. 너는 살려 보내줄게. 대신 그 콩에 대해서 더 알려줘."

"여, 여부가 있겠소."

미행자는 자신이 알고 있는 콩에 대한 정보를 하나도 빠짐없이 사내에게 말해 주었다. 소문에 기인한 내용도 있었고, 확실하게 판단된 사실도 있었다. 뭐가 정확한 정보인지 아닌지 판단할 건 사내의 몫이었다.

*　　　*　　　*

얼마 지나지 않아 에티로카를 발칵 뒤집을 사건이 발생

했다. 체페트와 그랑디아의 격렬한 부딪침이 절정에 다다른 것이다.

발단은 그랑디아였다. 그랑디아의 부상단주 겨토는 지난번에 당한 피해를 똑같은 방식으로 돌려주려고 마음먹었다. 도시의 어둠을 틈타 체페트의 곡물창고를 털려고 했던 그랑디아는 오히려 역습을 당하고 말았다.

거기에 설상가상.

예상치 못한 변수가 하나 있었다.

"삭제."

노란 사슴을 타고 있던 소년의 한마디는 그야말로 압도적이었다. 순식간에 그랑디아 단원들의 화승총이나 휴대용 대포가 모두 무용지물이 되고 말았다.

그때를 놓치지 않고 치고 들어온 체페트의 맹공에 그랑디아의 선택지는 후퇴밖에 없었다. 겨토는 단원들에게 퇴각하라 명하고 자신도 인파 속으로 도망쳤다.

결국 그랑디아 상단은 6명의 사망자와 20여 명의 부상자를 낳은 채 뿔뿔이 흩어져 버렸다. 겨토도 자신을 대신해 총알을 맞아준 동료의 희생으로 겨우 빠져나올 수 있었다.

고비를 넘기고 아수라장에서 빠져나온 겨토는 서둘러 그랑디아 에티로카 지부로 내달렸다. 그러나 얼마 가지 않아 체페트 단원들의 추격에 쫓기게 됐고, 어쩔 수 없이 가까운 옷가게로 들어갔다. 주인에게 얼마의 보수를 쥐어 주고 탈의실에 숨어들었다.

"빌어먹을……."

겨토는 탈의실 바닥에 침을 퉤 뱉고는 숨을 죽였다. 이윽고 체페트 단원들이 가게 안으로 들어와 주인에게 이것저것 물어보는 소리가 들렸다. 그들은 진열된 옷 사이, 사이를 쭉 돌아보고는 탈의실 앞에 섰다.

똑똑.

"안에 계십니까?"

"……."

겨토는 대답하기가 어려웠다. 부상단주였던 그의 목소리는 꽤 팔려 있었다.

똑똑.

"잠깐 좀 들어가겠습니다."

체페트 단원이 문고리에 손을 올렸다. 겨토는 품에서 단검을 빼 들었다. 문이 열리면 바로 달려들 셈이었다.

털썩―

그때 탈의실 밖에서 뭔가가 바닥에 포개지는 소리가 들렸다.

'뭐지……?'

가만 보니 옷가게 안을 어수선하게 돌아다녔던 인기척들이 모두 잠잠해져 있었다.

겨토는 조심스레 문을 열고 나왔다. 툭, 발치에 뭔가가 걸렸다. 천천히 눈을 내리니, 발 앞에 체페트 단원이 쓰러져 있는 게 보였다.

"이건 대체……."

무슨 일인가 싶어 가게주인을 찾으려는 찰나.

뜨드득.

나무 바닥이 눌리는 소리가 들렸다. 바로 뒤였다. 누군가 뒤에 있음이 분명했다. 그는 일부러 모른 척하고 앞쪽을 주시했다가 바로 돌아봤다.

빠각!

누군가의 주먹이 그대로 겨토의 안면에 박혔다. 그렇게 그는 정신을 잃었다.

*　　　*　　　*

"으으……."

겨토는 희미한 정신을 이끌고 눈을 떴다.

그가 있는 곳은 낯선 방 안이었다.

이리저리 둘러보고선 적어도 안전한 곳은 아니라 판단됐다.

"젠장…… 대체……."

의자에 앉아 있던 자신을 중심으로 바로 앞에는 테이블이 하나, 뒤쪽으로 작은 침대가 하나, 가까운 곳에 문과 창문도 보였다.

테이블 위에는 친절하게도 커피 잔까지 놓여 있었다. 포박도 안 된 상태였으니 별 거부감 없이 커피로 목을 축였다. 그리고 테이블 건너편 소파에 누워 있는 사내를 지그시 쳐다봤다.

"당신이 나를 이곳에 데려온 건가?"

"아무래도 그렇겠지."

사내는 소파에서 일어나 테이블을 사이에 두고 겨토와 마주 앉았다. 괜히 주먹을 쥐었다 펴보기도 했다.

겨토는 아직도 얼얼거리는 얼굴을 어루만졌다.

"뭐 하는 작자냐."

"그러게. 나는 누구지."

"말장난이나 하려고 이런 장난을 친 건 아니겠지. 게다가 포박도 하지 않고 말이야."

사내는 머리카락을 만지작거리며 한껏 여유를 부렸다. 잉크에 넣다 뺀 듯 칠흑빛을 띄는 머리카락과 사내의 장난 어린 행동은 대조적이었다.

　겨토는 품에서 단검을 빼서는 테이블에 꽂았다.

　"대체 넌 누구냐."

　"납치범."

　"하아. 뭐라고 지껄이는 거야? 네 녀석의 정체가 뭐냐니까?"

　"납치범이라니까."

　"……그럼 여긴 어디냐?"

　"여관방."

　겨토는 단검을 뽑아서 사내에게 겨누었다.

　"너 이 자식…… 대체 뭐 하는 놈이야?"

　"납치범이라니까."

　"그래! 이제 네가 납치범이라는 건 알겠다! 근데 나는 다른 거가 궁금하단 말이다! 날 납치한 목적이나 뭐 그런 거 있잖아. 그런 거!"

　"너."

　사내는 겨토에게 손가락질 후, 테이블 아래에 두었던 초상화를 보여주었다.

"거래."

초상화의 인물을 겨토가 모를 리 만무했다. 겨토는 미간을 찌푸리며 사내에게 달려들었다. 뜻밖에 사내는 고분고분했다. 그 여유로움이 겨토를 더욱 화나게 만들었다.

"체페트 상단의 사주를 받았냐?"

"아니."

"시치미 떼지 마! 너는 분명 체페트 상단의 사주를 받고 나를 납치한 거야. 그렇지 않고서야 그 타이밍에 나를 노릴 수 없어. 알겠냐?"

"알겠어."

사내는 차분한 얼굴을 유지한 채 겨토를 밀쳐 냈다.

그리고 방을 나갔다가 얼마 뒤 돌아왔다. 손에는 붉은 육포가 몇 가닥 들려 있었다. 그걸 하나씩 질근질근 씹으며 의자에 앉았다. 심지어 육포 한 가닥을 겨토에게 내밀 정도로 여유로웠다.

겨토는 탁자를 쿵 치고는 씩씩거렸다.

그러든 말든 사내는 아랑곳하지 않고 육포를 마저 음미했다.

이때가 기회다 싶었던 겨토가 문을 나가려고 하자, 사내가 쏜살같이 다가와 마지막 남은 육포로 뒤통수를 후렸다.

"무, 무슨 육포가 이래…… 제기랄……."

겨토는 그대로 방바닥에 쓰러졌다.

사내는 겨토를 침대에 눕혀주고는 이내 바깥에서 육포를 한가득 가져왔다. 바구니를 가득 채운 육포를 질겅질겅 다 비워버릴 즈음, 슬슬 해가 지기 시작했다. 밤이 되자 창문 커튼을 투과한 불빛이 방 안을 비췄다.

사내는 커튼을 조금 걷고서 창가 밖을 내다봤다. 횃불을 든 체페트 상단의 단원들이 우글거렸다. 그들의 목표가 누구인지, 무엇 때문에 여관 앞에 바글거리는지는 딱히 생각해볼 필요도 없었다.

사내는 겨토를 흔들어 깨워서는 자초지종을 설명해 주었다.

겨토가 의아한 눈길로 사내를 쳐다봤다.

"뭐야? 날 도와주겠다는 거야? 어째서?"

"너는 거래를 위해 필요하다고 했잖아."

"아, 알겠다. 어쨌든 네 녀석이 체페트의 사주를 받지 않은 건 분명하니까. 이래저래 도와줘서 고맙다. 무사하길 비마."

사내는 고개를 끄덕이고 창문을 열었다. 그리고 2층 높이에서 과감히 뛰어내렸다. 갑작스러운 사내의 등장에 체페트 단원들은 어찌할지 모르고 주춤했다.

그 망설임을 파고든 사내는 순식간에 여관 앞을 아수라장으로 변모시켰다. 그는 신기에 가까울 몸놀림으로 상대들을 때려눕혔다.

그 모습을 지켜보고 있자니 겨토는 괜스레 얼굴과 뒤통수가 지끈거렸다.

"뭐…… 일단 받은 성의니 거절은 않겠다."

겨토는 여관 앞의 혼란을 틈타 뒷문으로 빠져나갔다.

이윽고 가까스로 체페트 단원들을 모두 제압한 사내가 기존에 겨토와 약속했던 예정지로 찾아갔다. 그러나 그곳에는 아무도 없었다. 사내는 짐짓 팔짱을 끼며 피식 웃었다.

*　　　*　　　*

곱슬머리의 소년은 흡사 소녀처럼 곱디고운 얼굴이었다. 깊은 눈, 새하얀 뺨, 오똑한 코, 동그란 눈매가 인상적이었다.

소년이 실없는 몇 마디를 던질 때면 살짝 벌어진 입술이 맑은 앵두처럼 선명했다.

거기까지가 겨토가 본 소년의 느낌이었다.

"언제부터 그랑디아 에티로카 지부로 돌아가는 게 이리도 힘들어진 거야. 젠장."

겨토는 침을 퉤 뱉고는 소년을 경계했다.

소년은 사슴 얼굴에 뺨을 부비대는 등 한껏 여유를 즐기고 있었다. 그러면서 천천히 다가오니, 겨토는 엉거주춤한 자세로 뒷걸음질 쳤다.

이전번에 보여 줬던 그 능력과, 악명 높았던 소문에 기인하면 결코 맞설 만한 적수가 아니었다. 뒤로 걷던 발걸음은 이내 달리기로 바뀌어선 소년에게서 쭉 도망치기 시작했다.

소년은 사슴 위에 올라타 겨토의 뒤를 쫓아왔다. 사슴과 인간의 달리기 속도를 생각하면 금세 따라잡혀야 했는데 사슴도 여유를 부려댔다.

"나를 무슨 장난감으로 치부하는 거냐…… 제길."

겨토는 입술을 질끈 깨물며 내달렸다.

그때 여신이 행운의 축복이라도 내려준 것일까.

정면에서부터 기적이 일어났다. 때마침 그 근처를 지나고 있었던 그랑디아 단원들이 겨토를 반겨주었다.

그들은 겨토의 손동작 및 다급한 목소리를 통해 금세 상

황을 인지했다. 그리고 겨토를 따라오고 있던 소년에게 화
승총의 시위를 조준했다.

겨토는 부하들이 소년을 이길 거란 생각은 하지 않았다.
다만 시간벌이는 될 거라고 여겼다. 그러나 그 알량한 믿음
조차도 새로운 변수에 무너져 버렸다. 여신은 행운 외에도
불운을 함께 갖고 오셨다.

콰콰광—!

뜬금없는 대포세례였다. 화승총을 어깨에 견착하고 자세
를 잡았던 그랑디아 단원들이 폭발에 휘말렸다.

대로를 뒤덮은 연기와 함께 철판이 땅에 긁히는 요란한
소리가 울렸다.

겨토는 그만 멈춰 서서 한숨을 내쉬었다.

뒤에는 체페트 상단의 마법사 고용인, 앞에는 대포부대
가 정렬해 섰다. 대포를 끌고 온 이들은 대포시위를 소년에
게 겨냥했다.

"어이! 거기 꼬마! 미안하지만 이 녀석은 우리가 접수하
겠다!"

소년은 아무 말이 없었다. 다만 사슴을 멈춰 세웠기 때문
에 그들의 말에 따르는 것도 같았다.

겨토의 입장에서는 체페트의 고용인과 대포부대 측이 다

른 편이라면, 차라리 대포 무리한테 붙잡히는 게 그나마 낫겠다고 판단했다. 조심스레 양손을 올리고 항복의사를 표했다.

대포부대원이 빨리 오라고 손짓으로 재촉했다.

"뭘 좀 아는 형씨구만. 좋아. 그랑디아 상단의 부상단주, 천천히 우리 쪽으로 오라고."

겨토는 그냥 이 시간이 빨리 끝나길 바랐다. 솔직히 그는 몸도 마음도 지쳐 있었다. 차라리 이럴 줄 알았으면 검은 머리의 사내를 배신하지 말 걸이라고도 생각했다. 자신의 잘못된 판단을 탓하며 힘없이 고개를 떨어트렸다.

그때였다.

뒤에서부터 귀를 간지럽히는 뭔가가 슈웅, 지나갔다. 뭔가 형체가 없는 것이었는데 지나간 느낌은 분명했다. 귀를 스쳐 간 감촉이 있었으니까.

"……뭐지?"

"삭제."

소년의 목소리가 들리자마자 겨토는 본능적으로 대포 무리 쪽으로 고개를 돌렸다.

"허, 허허…… 이런 미친……."

그때와 똑같았다.

화승총을 비롯한 화기가 흔적도 없이 사라졌을 때처럼, 대포들이 지우개로 지워지듯이 스르르 사라져 버렸다.

그 옆에 서 있었던 이들은 그대로 엉덩방아를 찧었다. 졸지에 빈손이 돼버린 이들은 어이없는 상황에 기겁해서는 그대로 줄행랑을 쳐버렸다.

그 꼴을 보고 있자니 겨토는 진짜 항복이었다. 그는 한숨을 토해내며 소년이 다가오기만을 기다렸다.

소년은 사슴에 올라탄 채로 천천히 다가왔다. 사슴이 뿔로 망연자실한 겨토의 머리를 툭툭 쳤다.

겨토는 힘없이 바닥에 주저앉았다.

"하, 항복이요."

*   *   *

그랑디아 상단주 마리오는 책상에 깍지를 낀 채 인상을 찌푸렸다.

옆에서 마리오를 지켜보고 있었던 부상단주 모케도 덩달아 기분이 언짢아졌다. 그만큼 그랑디아 상단의 현 상황은 좋지 않았다.

경쟁자 격이었던 체페트 상단에게 상권 면에서부터 밀리

고 있었다. 물론 다이헤르 제국에 본사를 두고 있다는 점에서 존재여부가 갈릴 문제는 아니었지만, 에티로카를 기점으로 루티아르 왕국에서의 상권을 전부 잃어버릴 위기는 분명했다.

더군다나 체페트 상단과의 유혈 사태 이후, 부상단주 겨토 맥시밀리언이 행방불명되면서 위기의식이 점차 고조되어갔다.

마리오가 몇 장의 보고서를 훑어보고 말했다.

"겨토의 행방은?"

"아직 묘연합니다."

"살해됐을 가능성은?"

"그랬다면 어떤 식으로든 소식이 왔을 겁니다. 아무래도 적에게 붙잡혔거나 몸을 숨기고 있지 않을는지."

"하여간 그 자식도 사람 머리 아프게 하는 재주 하나는 알아줘야 돼. 후아. 체페트 상단 쪽 동향은 어때?"

모케는 마리오가 파이프담배를 피려고 하자, 제지하고는 대답했다.

"상단주 포보크가 부상단주 둘을 대동하고 루티아르 왕국 수도 레필타로 떠났습니다. 목적은 데레니아 왕비를 만나는 걸로 추정됩니다."

말을 맺은 모케는 파이프담배를 구석 언저리에 두고 왔
다.

마리오가 눈살을 찌푸렸다.

"거. 담배 좀 피우자."

"방 안에선 금연입니다. 담배는 몸에도 해롭지 않습니
까."

"에휴. 알겠다, 알겠어. 그래서 포뚱땡이가 언제쯤 돌아
올 것 같아?"

"정보원들의 말로는 사나흘은 족히 걸릴 것 같다 했습니
다. 거리도 있으니까요."

마리오는 문서를 차곡차곡 정리해서 책상 끄트머리에 쌓
았다. 어느 정도 쌓인 문서들은 모두 제대로 승인이 완료된
것들이었다. 그 높이처럼 마리오의 기분은 들끓고 있었다.
모케가 다음 건을 내밀기 전까진 그랬다.

마리오는 다소 미적지근한 심정으로 문서를 읽어 내렸
다.

"이건 또 무슨 변수이신가."

"저도 미심쩍은 내용이었지만 달리 선택할 방도가 없었
습니다."

"그래서 지금 여기에 와 있다는 거야?"

"예. 모시고 오겠습니다."

모케는 바깥으로 나가서 누군가를 데려왔다. 진한 흑발의 사내는 무표정을 일관하며 마리오에게 인사를 건넸다.

마리오가 상투적으로 고개를 끄덕이고는 말했다.

"그래서 당신이 얼마 전까지 겨토를 구해 줬었고, 지금 행방불명된 겨토를 다시 구해내주겠다는 거야? 게다가 겨토가 붙잡혀 있는 장소도 알고 있고. 후우. 그 말을 우리보고 믿으란 거야?"

"믿지 않으면 선택할 거라도 있는지?"

마리오의 표정에 전에 없던 찜찜함이 어렸고, 옆에 서 있던 모케의 눈매에도 다소 씁쓸함이 감돌았다.

모케가 마리오의 귀에 대고 속삭였다.

"이건 좀 난해한 문제긴 합니다."

"하지만 우리에게 선택지가 별로 없다는 것만은 분명하지. 어이, 당신, 이름이 뭐야? 보고서에는 이름이 적혀 있지 않던데. 검은 그림자라는 현상금사냥꾼이 본명은 아닐 거 아냐?"

사내는 뺨을 긁적였다.

"으음. 정체를 밝히는 건 나보고 상황을 보고 알아서 하라고 했지만, 만약 말하게 된다면 그때는 상대도 그만한 각오를 해야 한다고 했는데."

"뭐라고 말하는 거야? 두서가 없잖아."

마리오는 검지로 책상을 톡톡 두드렸다.

모케도 뜸을 들이는 사내의 행동을 못마땅하게 여겼다.

둘의 불만이 최고조에 다다랐을 즈음, 말할지 말지 고민하던 사내가 다시 입을 열었다. 그의 말이 맺음과 동시에 마리오와 모케의 표정은 붕 떠 버렸다.

"어쩔 수 없지. 지금부터 잘 들어. 나는 르나이아가. 내가 모시는 자의 이름은 메를리니 데 크닐베이라. 왕태자비다."

제5장

구출 작전의 주인공

『우리가 도와줄 건 뭐지?
얼마의 돈과 식료품.
최소한의 필요조건이군. 역시 다음 거래를 위함인가.
해석은 자유.

-마리오와 르나이아가의 대화 中-』

마리오는 르나이아가가 나간 문 쪽을 시큰둥하게 쳐다봤다.

얼마 뒤, 건물을 나온 르나이아가가 걸어가는 모습이 창문 너머로 보이기 시작했다.

툭툭.

마리오가 펜촉으로 책상을 두드렸다. 생각에 잠겨야 할 때면 하던 버릇이었다.

요즘 들어서는 펜촉을 치는 일이 제법 잦아졌다. 늘 문제나 골칫거리와 함께 사는 기분이었다.

이번에 새롭게 생긴 변수도 고민을 거듭해야 할 사안이었다. 그나마 다행히 나쁜 일은 아닌 것도 같았다.

모케가 말했다.

"그를 신용해도 되겠습니까?"

"먼저 추천해 준 게 누구였더라. 딱히 선택할 방도가 없다며. 왜? 직접 만나 보니 현상금사냥꾼이 아니라 왕태자비의 심복이라고 하니까 불안해?"

"솔직히 르나이아가라는 자가 왕태자비의 심복인지 아닌지도 불분명하지 않습니까."

모케는 답답한 마음에 물을 한 모금 마셨다. 달리 선택할 길이 없었지만 그렇다고 이대로 넙죽 이끌려가기도 뭐 했다.

상인으로서의 삶을 살아온 만큼 모든 것은 확실한 값어치가 동반되어야 했다.

마리오가 자리에서 일어나 창가 앞에 섰다. 이미 르나이아가의 모습은 보이지 않았다. 조심스레 창문을 열자 부드러운 바람이 스며들어왔다.

"모케, 이전번에 유리 그림자 산맥 사건 알고 있나?"

"루티아르 왕국의 왕태자비가 도적단에게 붙잡혔던 사

건 말씀입니까?"

"그래, 그거. 우리가 직접 그 장소에 있었던 건 아니니 정확하지는 않겠지만, 정보원이 전한 대로라면 꽤 재미있는 상황이었지. 아마. 하필이면 그 시점에 왕태자비가 친정 집을 가다가 도적단에게 습격을 당했고, 시어머니는 자신의 최측근 중 하나인 광하의 백작을 출정시켰던가."

마리오는 짐짓 턱을 어루만졌다.

"근데 광하의 백작은 남서부의 수장이었던 타니레치 할아범을 무시해버리고 공격명령을 내렸었지. 그때 상황대로라면 왕태자비가 인질일 수도 있는데 공격을 했던 거야. 사실상 그녀는 그 전장에 있었던 수많은 기사들과 병사들을 다 합친 것보다 값어치가 높은 여인이었는데 말이야."

"저도 그게 의문이었습니다."

마리오는 펜촉으로 창틀을 툭툭, 두드렸다.

"지금부터 내가 소설을 하나 써볼까 해. 어디 이상한 게 있는지 잘 들어보도록."

"예. 말씀하십시오."

"요 근래 새롭게 떠오른 현상금사냥꾼 검은 그림자 르나이아가는 메를리니 왕태자비의 측근이 맞다. 그렇다면 그의 입장은 왕태자비의 입장이기도 하지. 근데 왕태자비는 어이없게도 에티로카와 왕국 남부의 주력 상권을 쥐고 있는 체페트 상단이 아닌, 제국에 거점을 두고 있는 우리 그랑디아와 손을 잡으려 한다."

뭔가 전제조건이 깔아 놓고 마리오는 말을 이어갔다.

"르나이아가의 말대로라면 겨토가 끌려간 곳은 체페트 상단이 운영하고 있는 '무법의 요새'. 왕태자비의 명령을 받은 르나이아가는 우리와의 관계를 위해 그 미친 사설도박장으로 쳐들어간다. 그것도 우리에게 아무런 지원을 받지 않고 단독으로."

잠자코 듣고 있었던 모케가 선뜻 파이프담배를 건네주었다.

마리오는 웬일이냐는 표정으로 파이프담배를 입에 물었다. 후, 하고 연기를 내뱉고는, 창밖으로 담뱃재를 툭툭, 털었다.

"체페트 상단이 운영하고 있는 사설 도박장이 무법의 요새라고 불리는 이유가 있잖아. 귀족들이 와서 놀기도 하고, 돈만 있으면 평민들도 마음대로 즐길 수 있지. 부를 가진 자라면 누구라도 이용 가능하면서 법도 잘 통용되지 않아. 아무리 상권을 쥐고 있다곤 해도 상식적으로는 일개 상단이 그런 게 가능할 이유는 없지."

"예. 포르테 공작 가가 뒤를 받쳐준 덕이지요."

"그래. 포풍땡이가 혀 놀림 하나는 멋들어져서 아주 대단한 분을 녹여버렸지. 왕비의 오라버니인 로우 르 포르테를 말이지. 그리고 그 도박장을 비롯해 남부 상권을 거의 장악하게 됨으로써 포르테 가문과는 떼려야 뗄 수가 없는 각별한 사이가 된 거잖아. 우리가 지금 고민하는 문제도 사실상 그 맹점에서 비롯된 거고."

모케는 대답 대신 고개를 끄덕였다.

마리오는 빙그레 웃으며 다시 말을 이었다.

"우리랑 손잡는다는 건 사실상 로우 르 포르테와 대립한다는 거고. 그건 곧 시어머니와 며느리가 나라의 상권을 두고 등을 돌린다는 건데. 소문으로는 임신에 좋은 약도 챙겨주고, 왕태자가 아내를 끔찍이 사랑해서 고부 갈등도 별로 없다던데. 참 아이러니해."

"그러게 말입니다."

"영 이해가 안 되는데 말이야. 딱 한 가지 가정만 성립시키면 모든 게 부정에서 긍정으로 바뀐단 말이지."

"예? 어떤 가정입니까?"

"메를리니 왕태자비랑 데레니아 왕비가 서로 적인 거야. 그거 하나만 확답으로 만들면 비정상 따위는 없어. 내가 왕비라면 광하의 백작으로 하여금 왕태자비를 죽이라고 명했을 테고, 권력도 부도 없는 왕태자비 입장에서는 새로운 상권을 파려는 게 맞지."

"오호라. 그렇다면."

"그래. 다소 위험부담이 클지라도 왕비 세력과 적대적인 상단을 매수하면 더더욱 좋았을 테고. 마침 우리 그랑디아는 체페트와 원수지간이었던 데다가, 제국의 상권을 쥐고도 루티아르에서는 왕족이나 귀족 중 쓸 만한 후원자가 없어서 위기였으니까."

"서로 아쉬울 게 없는 거래. 어차피 이대로라면 우리도 더 이상 루티아르 왕국 내에서는 성장하기 힘들 상황이니까요. 그런데 말입니다. 그럼 굳이 르나이아가는 우리에게 어떠한 지원도 받지 않는 겁니까? 애초에 겨토도 부상단주이긴 해도 우리와의 거래 사이에는 별 의미가 없지 않습니까?"

"5:5가 싫은 거야. 많게는 8:2? 적어도 포르테 공작가문과 체페트 상단 정도의 관계를 맺고 싶은 거겠지. 남작 가문의 여식이 실로 놀라워. 우리의 예상이 만약 진짜라면 메를리니라는 여인은 정말 무서운 여자다. 모케, 그에게 호출해라."

"그라 하심은 설마……."

"뭐 당연한 거 아니야? 이건 단순히 상도만 걸린 싸움이 아니야. 왕태자비랑 왕비가 서로 적이든 아니든 그딴 건 중요한 게 아니다. 권력이 왔다 갔다 하는 팽팽한 접전이 될 거다. 그럼 우리도 그에 마땅한 사람을 데려와야 수지가 맞지 않겠어? 물론 내 선에서 마무리해도 되지만 이래저래 요즘 머리가 아파서 말이야."

"예. 알겠습니다."

모케는 서둘러 방을 나섰다.

혼자 남은 마리오는 파이프담배를 몇 번 되새김질했다. 슬슬 바람이 차가워지자 남은 담뱃재를 다 털어 내고는 창문을 닫았다.

"미안하지만 나는 새우가 될 생각은 없다네."

*　　　*　　　*

"헉헉…… 저기, 르나이아가 씨."

르나아이가의 걸음이 멈췄다. 그는 뒤를 돌아보며 수행원과 눈을 마주했다.

수행원은 연신 헉헉거리더니 물을 한 모금 마셨다.

"좀 천천히 갑시다. 우리 에티로카 근방을 지난 뒤로는 대화도 없이 걷기만 했잖습니까. 그것도 숲 속만을."

"얼마 이상 접근하면 감시병들이 곳곳에 숨어 있다며."

"예. 그래도 좀 쉬면서 가도 되잖습니까."

르나이아가는 새끼손가락으로 귓구멍을 후볐다.

"네가 힘들어하는 건 알겠는데, 내 사정도 좀 봐달라고. 하여간 그놈의 제비뽑기를 하는 게 아니었어. 이런 귀찮은 일은 하고 싶지 않았다고. 난 말이지, 그냥 하루 빨리 돌아가고 싶은 마음뿐이야. 뭐. 낌새를 보아 슬슬 도착한 것 같으니 너도 그만 돌아가. 잠입은 나 혼자서 할 테니까."

"그래도 데미안 씨께서 이번 임무가 정말 중요하다고 하셨는데…… 혼자서 가능하시겠습니까?"

"넌 따라와도 도움이 안 돼. 네 임무는 안내와 이것저것 잡일을 도맡는 것까지잖아. 이 정도 움직였다고 숨 차는 녀석의 도움은 없어도 돼."

그렇게 말했지만 악의는 없었다. 르나이아가의 말대로 이번 임무는 르나이아가의 개인 전투력에 의존한 싸움이었다.

물론 무법의 요새를 단신으로 쳐들어간다는 경우의 수는 상정범위 밖이었지만.

슬슬 숲길도 끝이 보였다.

숲을 헤치고 나오자 저 멀리 무법의 요새라고 불리는 로덴하이가 보였다. 겉모습은 보통의 요새와 다를 게 없을 만큼 견고해 보였다.

벽돌 하나하나에서 흐트러진 부분을 찾아보기 힘들었고, 정문을 지키고 있는 병졸들과 주위를 수시로 맴돌고 있는 순찰병들도 더러 있었다.

성벽 위에도 병사들이 2인 1조로 돌아다녔다.

에티로기의 꽤 밀이진 외시에 존재했던 만큼 인적이 드물었지만, 정문에는 수시로 값비싼 마차행렬이 드나들었다.

가끔 두툼한 보따리나 아이들을 실은 마차도 보였다.

르나이아가가 곁눈질로 살피다 입을 열었다.

"네가 생각하기에 적은 대충 몇 명 정도 될 것 같아?"

"못해도 저 소굴의 크기만 봐도 족히 100명은 넘지 않겠습니까."

"그래? 쉽지는 않겠군. 그럼 슬슬 움직여볼까."

르나이아가가 고갯짓하자 수행원은 르나이아가의 옆으로 바짝 붙어 움직였다.

두 사람은 수풀에 숨은 채 얼마간을 기다렸다. 이윽고 멀리서 말발굽 소리가 들려오기 시작했다. 소리는 점점 커져 갔다.

르나이아가는 빙긋 웃으며 천천히 길가 근처로 움직였다. 곧이어 두 명의 사내가 말을 타고 달려오고 있는 게 보였다.

뒤에 있는 짐과 행색을 보니 어디선가 도적질을 하고 돌아오는 중임이 틀림없었다.

"무슨 유흥을 즐기는 곳이라더니 도적단 소굴이나 마찬가지구만."

그 사실을 확실하게 증명이라도 하듯, 오른쪽에 있던 한 명은 여자를 자신의 뒤에 꽁꽁 묶어놓은 상태였다.

"지금이야!"

르나이아가와 수행원이 불쑥 튀어나오자 말들이 기겁해서 멈춰 섰다. 그 뒤부터는 르나이아가의 독무대였다.

사실 수행원은 르나이아가의 실력을 실제로 본 적이 없었기에 객관적으로는 그리 믿지 않았었는데, 이 싸움에서 그의 실력을 아낌없이 볼 수 있었다.

수풀에서 뛰쳐나온 르나이아가는 곧장 땅을 차고 올랐다. 그리고 허리에 차고 있던 검을 빼서는 왼쪽에 있던 적의 목을 노렸다.

적은 갑작스러운 데다가, 말을 타고 있었기에 미처 피하지 못하고 그대로 목을 내주고 말았다.

바로 옆에 있던 적이 르나이아가의 뒤를 기습하려 했지만 르나이아가는 그 공격을 바람을 타듯 너무도 가볍게 피해 냈다. 그러더니 곧장 발차기를 날려 상대의 주둥이를 날려 버렸다.

수행원은 새삼 이런 중책에 르나이아가를 보낸 것이 수긍이 갔다. 정말 자신은 짐일 뿐이었다.

"어이. 저 여자니 챙겨서 기줘."

르나이아가가 말에서 떨어져 있는 여자를 가리켰다.

수행원은 황급히 달려가서 여자를 도와주었다. 밧줄을 비롯해서 얼굴을 가리고 있던 천까지 모두 풀어 주었다.

여자는 예상과 달리 앳된 얼굴이었다. 이제 겨우 13세 정도 되었을까.

수행원은 소녀의 옷매무새를 정리해 주었다.

"르나이아가 씨, 이 아이는 제가 안전한 곳까지 데려다 주겠습니다."

"어. 수고해 줘."

"그럼 이만. 당신께 크네베의 가호가 함께 하기를."

수행원은 소녀와 함께 말에 올랐다. 그리고 조심스럽게

말을 몰아갔다.

르나이아가는 수행원과 소녀의 모습이 시선에서 보이지 않을 때까지 지켜보았다. 이내 두 사람이 보이지 않자, 적들이 입고 있던 옷으로 갈아입었다.

대충 차려입고 얼굴은 복면으로 가렸다.

그때였다.

르나이아가의 주변 기류가 갑자기 묘하게 뒤틀렸다. 이상야릇한 기운에 르나이아가는 큰 소리 한 번 내지 못하고 긴장했다.

뭔가 이상이 있나 옷매무새를 꼼꼼히 살핀 순간.

꺄아악! 소리와 함께 누군가가 하늘에서 떨어졌다.

깜짝 놀라서 올려다본 르나이아가의 머리에 상대의 팔꿈치가 박혔다.

"어억……."

철퍼덕.

르나이아가는 머리 통증을 호소하며 말 위에 포개졌다. 정작 그를 그렇게 만든 이는 살포시 말안장 뒷부분에 앉았다.

겨우내 정신을 차린 르나이아가가 흘끗 돌아보니 웬걸. 뒤에 앉아 있는 사람은 메를리니였다.

"……너, 너?"

"후아. 정말 되네."

메를리니는 힘껏 기지개를 켜며 찌뿌드드한 몸을 풀어줬다. 그 태연한 자태에 르나이아가는 더 뭐라 말을 이어야 할지 몰랐다.

"아하하…… 너도 그런 표정을 지을 줄 아는구나?"

"……네가 여긴 어쩐 일이야? 아니, 그게 아니지. 갑자기 하늘에서 뚝 떨어진 건 뭐야? 마법이라도 부린 거야?"

"마법은 아닌데. 아, 아니다. 정정. 마법이라고 해두자. 정확히는 여신의 변덕이 낳은 성스러운 마법 정도랄까?"

"도통 무슨 말인지. 그래서 여긴 어쩐 일로 온 거야?"

영문을 모르겠다며 심통이 난 얼굴이었다. 메를리니는 잔뜩 뿔이 난 르나이아가의 머리를 마구 휘저어줬다.

"…….."

르나이아가는 신경질적으로 메를리니의 손을 거둬냈다. 엉망으로 헝클어진 머리칼 사이로 한숨이 삐져나왔다.

메를리니는 큼큼, 목소리를 가다듬었다.

"르나이아가, 여기는 어디야?"

"에티로카 근처."

"에티로카 근처? 에티로카가 아니고?"

"어. 여긴 에티로카 근교를 더 벗어난 곳이야."

"너 설마……?"

르나이아가는 픽, 하고 웃었다.

"우리 성수족은 신의나 약속을 저버리지 않아. 네가 준 임무 때문에 여기 있는 거야."

메를리니가 고개를 갸우뚱하자, 르나이아가는 자초지종을 설명해 주었다. 상황이 어떻게 돌아가고 있는지, 왜 여기에 있는 건지, 앞으로 어떻게 할 것인지.

이야기를 다 들은 후에야 메를리니도 수긍했다.

"메를리니, 알았으면 그만 돌아가. 방금 썼던 그 마법인가 뭔가로."

"그 마법 때문에 말인데…… 당분간은 너랑 다녀야 할 것 같아. 이거 한번 쓰면 60일 뒤에나 쓸 수 있더라고. 이르에 쪽이 에티로카에 도착하려면 시간도 많이 남았고. 흐음…… 네 목적지가 사설도박장이라고 했었지? 나도 들어가 보자. 방해 안 할 테니까."

"어이? 너 이런 인간상 아니었잖아. 애초에 60일 뒤에나 쓸 수 있는 걸 왜 쓴 거야?"

"낸들 이런 상황일 줄 알았을까. 설마 나 하나 지킬 능력도 없는 건 아니겠지? 은랑의 아들이자 성수족인 르나이아가께서."

"하……."

르나이아가는 고역스러운 표정으로 메를리니를 쳐다봤다. 어이가 없어 혀를 내둘렀지만 결국 메를리니를 데리고 가기로 했다. 여기다 내팽개치고 갈 수도 없었으니까.

"잠시 가만 있어봐."

르나이아가는 바닥에 널브러져 있던 포승줄로 메를리니를 가볍게 포박한 채 말안장에 앉혔다. 더불어 누런 천 조각으로 메를리니의 귀티 나는 옷을 가리는 것으로 준비를 마쳤다.

이윽고 요새 앞으로 말을 몰고 가 외쳤다.

"이봐! 돌아왔다!"

정문 입구에서 지키고 있었던 보초병이 다가왔다.

"어이. 한 명은 어디 갔어? 둘이서 나간 것 아니었어?"

"지옥으로 갔어."

르나이아가가 짧으면서도 의미 있는 말로 대답했다.

"하하하. 하기야 죽어서 지옥이든 어디든 떨어졌을지도 모르겠군. 우리야 하는 일이 다 그렇고 그러니까."

보초의 말투에서 동료애라고는 찾아볼 수 없었다.

"그럼 수고해."

가식적인 인사를 건네고 르나이아가는 요새 안으로 진입했다.

안은 꽤나 허술했다.

물론 적의 침입에 대비한답시고 함정을 비롯한 몇 개의 장치가 있긴 했지만 그게 다였다. 아니, 오히려 그보다도 하류에 속했다. 그나마 많은 수가 아무런 대책 없이 무작정 쳐들어올 때나 유용한 정도였다.

말을 마구간에 맡기고 메를리니의 포박도 풀어 주었다. 혹여 누가 본 사람이 있을까, 주변을 살폈지만 다행히 아무도 없었다.

누런 천 쪼가리를 벗은 메를리니의 왕태자비 차림은 누가 봐도 귀족처럼 보였다. 들어올 땐 의심을 살 법했지만, 일단 잠입 후부터 그녀의 모습은 그저 한 명의 손님 같았다.

단지 붉은 머리만은 눈에 띄어서 머리만 천 조각으로 가렸다.

"하여간 아주 일거리를 만든다니까."

"뭐, 이제부터는 방해 안 할 테니 걱정 마."

어설픈 함정들이 쫙 깔려 있던 통로를 지나자 시끌벅적한 풍경이 두 사람의 눈을 적셨다. 그 앞으로 막대한 부가

오가는 도박장이 펼쳐졌다.

대부분의 인파는 호위병을 데리고 다닐 만큼의 귀족들이었다. 그리고 그들에게 손이 닳도록 대접을 하고 있는 체페트 단원들과, 바람잡이들이 사냥감을 찾아 어슬렁거리고 있었다.

둘은 살금살금 안쪽으로 들어갔다.

도박장 안쪽은 거액의 판돈이 오가는 노름장이었다. 한 번의 판돈으로 벌고 잃는 돈이, 어떤 사람에게는 1년 동안의 생활비이기도 했다.

이런 사회생활에 별로 관심도 없었던 르나이아가였지만, 왕궁에서 지내는 동안 인간들과 어울린 탓이었을까. 그는 괜스레 눈살을 찌푸렸다.

차츰차츰 깊숙이 들어가니, 구석 언저리에 여타 도박판과는 다른 분위기의 도박판이 펼쳐져 있었다.

거기서 터져 나오는 탄성도 남달랐다. 마침 그 자리에 르나이아가가 도착했을 때 굉장한 환호성이 터져 나왔다.

"이야. 저 친구 완전 대박인걸!"

"저게 대체 얼마야?"

"내가 다 부럽구만."

짐짓 다가가 보니, 어떤 소년 한 명이 대박 다이스를 터트린 듯했다. 당연히 그 액수는 상상을 초월했다.

사람들의 말을 듣자 하니, 지금까지 잃기만 하다가 이번에 그 수배의 액수를 따냈다고 했다. 이후부터는 계속해서 그 소년이 판돈을 따가기 시작했다.

사람들은 대부분 '지금까지 말렸으니 이제 운이 터지나 보다' 라고 순진한 생각을 품었다. 르나이아가도 그 무리 중 하나였다.

한참 동안 대박행진을 구경하다가 르나이아가는 문득 자신이 해야 할 일이 떠올랐다. 그가 아차, 하는 사이 메를리니가 도박판에 참여했다. 그녀는 돈주머니에 챙겼던 돈을 모두 배팅하는 대담함을 보였다.

소년과의 승부는 첫째 판, 둘째 판 모두 패했지만 어떻게 세 번째 판은 이겼다. 이후로는 메를리니의 분위기였다.

판돈이 점점 커지면서 르나이아가를 비롯한 구경꾼들의 이마에 송골송골 땀이 맺혔다. 괜히 자기가 긴장된 르나이아가는 손톱을 깨물고 도박판을 지켜봤다.

메를리니가 먼저 4개의 다이스 중 2개를 던져서 숫자를 확인해 봤다. 잇따라 소년도 2개를 던져서 자신의 숫자를 내보였다.

소년이 남은 다이스를 만지작거리며 말했다.

"다음 던지시죠."

"아아. 잠깐만요. 조금 생각의 시간을 가지고요."

메를리니는 침을 꿀꺽 삼키며 세 번째 다이스를 굴렸다.

톡, 또르르—

쭉 굴러가다가 한 지점에서 멈췄다. 숫자는 5를 가리키고 있었다.

메를리니의 주사위 종합치는 4, 6, 5. 소년이 3번째 숫자를 정하면서 3, 5, 6. 아직은 메를리니가 1만큼 앞서는 중이었다.

마지막 한 수를 남겨 두고 둘이 팽팽한 신경전을 벌이는 사이, 르나이아가는 자기 할 일을 하러 움직였다.

"어디 보자. 겨토 녀석의 흔적을 찾으려면."

르나이아가는 먹잇감을 찾듯이 두리번거렸다. 주변에 어슬렁거리던 체페트 단원들에게 치근덕거리니 제법 단서가 나왔다.

그가 그러는 동안에도 도박판은 메를리니와 소년의 독주로 계속되는 중이었다. 아니 그렇게 될 줄 알았다.

몇 판은 더 행운 아닌 행운이 따라줬지만 어느 순간 뒤틀려버렸다. 메를리니는 소년에게 와장창 깨진 뒤에야 자리에서 물러났다. 그렇게 잔뜩 뿔이 나서는 르나이아가를 뒤따라 왔다.

"보기 좋게 깨졌나 보구만?"

"그게 윗사람한테 할 말이야?"

"그러게. 초보가 고수에게 덤비면 쓰나."

"……"

르나이아가는 피식 웃으며 다시 발걸음을 재촉했다. 도박장의 경비는 정말 허술한 수준이었다.

얼마간 돌아다니다 보니 외딴 구석 부근에 창고가 보였다. 창고 옆에는 큰 종 하나와, 그것을 지키는 보초 두 명이 서 있었다.

르나이아가는 슥 주변을 살폈다. 이내 보초 두 명을 제외하고 다른 인원은 없음이 확인됐다.

"좋아. 그럼 어디."

정말 빠른 움직임이었다. 졸림을 억지로 참아가며 버티고 있었던 보초들의 반응보다 훨씬 빨랐다.

르나이아가의 주먹이 보초 한 명의 턱을 날려 버렸다. 외마디 비명과 함께 보초는 정신을 잃었다.

"뭐, 뭐야? 제길! 종을…… 헉?"

나머지 한 명은 종을 울리지 못했다. 그의 앞으로 보이지 않는 유리막 같은 게 생겨났다. 결국 그는 르나이아가에게 맞고 쓰러졌다.

르나이아가가 휘파람을 불었다.

"그 순간이동인가 뭔가도 그렇고. 제법 마법을 쓸 줄 알
게 됐는걸?"

"시전자의 생명력을 갈구하는 금단의 능력이지."

"생명력? 그럼 막 사용하지 마."

"어이쿠. 웬일로 성수족께서 내 걱정을 다 해 주시는군
요."

"후우. 말을 말자."

르나이아가는 혀를 차며 고개를 돌렸다.

두 사람은 쓰러진 보초의 바지 주머니에서 열쇠를 꺼내
창고를 열었다. 창고 안에는 낯이 익은 얼굴이 구석에 쭈그
려 앉아 있었다. 겨토였다.

르나이아가가 말했다.

"오랜만이군."

"너, 너는……."

"그러니까 내 말 들었으면 이래 되진 않았을 거 아니냐."

르나이아가가 손짓하자 겨토는 헐레벌떡 자리를 박찼다.
먼지 묻은 바지를 털던 겨토의 시선에 메를리니가 포착됐
다.

"이 여성분은?"

"아, 이 여자는…… 우읍."

메를리니가 르나이아가의 입을 틀어막고 대신 대답했다. 거부감을 줄이기 위해 빙긋 웃는 것도 잊지 않았다.

"메를렌이라고 해요. 르나이아가와 함께 당신을 구해드리러 왔어요."

"아, 예…… 저는 겨토 맥시밀리언이라고 합니다. 그랑디아 상단의 부상단주입니다."

"어이, 통성명은 나중에 해야겠는걸. 벌써 몰려왔다."

어떻게 알았는지 체페트 단원들이 몰려들었다. 10여 명의 단원들이 세 사람을 에워싼 채 무기를 빼 들었다. 그들은 천천히 거리를 좁히며 일행을 위협했다.

"시간도 부족하고 하니 빠르게 가자고."

르나이아가의 재빠른 움직임은 눈으로 좇기도 버거웠다. 겨우 눈으로 포착했을 땐, 한 명에 한 방씩. 정확히 10여 대로 끝이 났다.

옆에서 지켜보고 있었던 겨토는 침을 꿀꺽 삼키며 스스로를 자책했다. 잠깐이나마 이런 괴물에게 대들었던 자신을.

"시간 없다. 두 사람 다 내 뒤를 따라와."

다음으로 체페트 단원들이 틈틈이 덤벼들었지만 르나이아가의 적수는 되지 못했다. 원거리 무기를 갖고 온 다음에야 르나이아가도 살짝 고전하기 시작했다.

거리를 두고 대응하는 탓에 상대하기가 쉽지만은 않았다. 그럴 때면 미처 대피하지 못했던 귀족들을 인질 삼아 버텨보기도 했다.

귀족을 방패막이로 삼자, 단원들도 어쩔 수 없이 길을 터주고 말았다. 이대로라면 순탄하게 임무를 마칠 수 있을 줄 알았다.

그때 또 한 번의 이변이 발생했다.

어디선가 날아온 주사위가 르나이아가의 이마를 가격했다. 딱 소리가 아닌, 빡! 소리가 시원하게 울렸다.

예상치 못한 강한 충격에 르나이아가는 인질을 두고 뒤로 밀려났다. 몇 발자국 뒤로 물러난 뒤, 주사위를 던진 인물을 노려봤다.

메를리니와 겨토도 안면이 있는 인물이었다.

다그닥다그닥.

노란 사슴에 올라탄 상태로 소년이 모습을 드러냈다. 그의 등장에 겨토는 오줌을 지릴 듯 벌벌 떨어댔고, 주변에 있던 체페트 단원들은 환호성을 내질렀다.

"콩이라고 해요."

"콩……? 아하. 그럼 네가 나를 미행하라고 시켰던 그 의뢰인인지 뭔지로구만."

"미행요? 아, 설마 당신이 검은 그림자인가요? 이거, 예상 밖의 상대가 침입했던 거군요."

콩은 고개를 갸웃하며 빙그레 웃었다.

르나이아가는 콩에게서 느껴지는 불가사의한 기운을 주시했다. 아버지가 늘상 내뿜어댔던 위압적인 분위기와 비슷하면서도 달랐다. 지금껏 수많은 싸움을 겪어봤지만, 이번처럼 기묘한 기류는 흐르지 않았었다.

르나이가가가 바짝 긴장해 있던 것과 달리, 콩은 여유로운 모습이었다.

콩은 사슴에서 내려와 한껏 기지개를 켰다. 가느다란 손길로 사슴의 등허리를 쓰다듬어주자, 사슴이 천천히 앞으로 걸어 나왔다.

노란 사슴은 작은 보폭으로 르나이아가와 마주 섰다. 그러나 공격하진 않고 그냥 그 자세 그대로였다. 오히려 사슴보다는 르나이아가 쪽의 몸이 가벼웠다.

르나이가가 가볍게 주먹을 내뻗는 척을 하자, 사슴이 화들짝 놀라 뒤로 물러났다.

보다 못해 콩이 외쳤다.

"황운! 뭐 하는 거야?"

"그, 그게…… 으으……."

놀랍게도 황운이란 사슴은 인간의 말을 할 수 있었다. 황
운은 아련히 떨리는 몸을 주체하지 못하고 뒤로 두 발짝 물
러났다.

천천히 뒤로 빠지는 통에 콩이 부랴부랴 달려와 황운의
엉덩이를 걷어찼다.

"아악! 왜, 왜 때리고 그래……?"

"바보야. 대체 왜 그러는 건데?"

"아, 아니야…… 잘 해볼게."

황운은 다시 르나이아가와 대치하기 위해 앞으로 걸어
나갔다. 황운의 머릿속에 복잡 미묘한 감정과 망상이 뒤섞
이는 중이었다.

이 무법의 요새에 설마 하니 은랑의 아들 르나이아가가
나타날 줄은 꿈에도 상상 못 했다.

황운은 우물쭈물하더니 두 눈을 감고 혼잣말로 중얼거렸
다. 이윽고 사슴이었던 그의 모습이 인간의 모습으로 변했
다. 앳된 소년의 얼굴을 한 황운이 머리에 르나이아가의 꿀
밤이 박혔다.

빡!

경쾌한 소리와 함께 황운이 바닥에 주저앉았다.

"아악. 이, 인정머리라곤 없는 늑대 같으니라고!"

"다시 한 번만 말해 봐."

"아, 아냐. 르나이아가 형, 내가 잘못했어."

황운은 다시 사슴의 모습으로 변해서 줄행랑쳤다. 황급히 콩의 옆까지 도망쳐 와선 눈물을 글썽이며 르나이아가를 쳐다봤다.

그 꼴을 보며 콩이 한심하다는 듯 한숨을 내쉬었다.

"후우. 할 수 없지. 내가 나서 볼까나."

콩은 르나이아가와 일정 거리를 두고 대치했다. 황운이 어이없게 지긴 했지만, 콩은 얼굴에 웃음을 지우지 않았다.

반면에 르나이아가는 긴장을 늦추지 않았다. 무엇보다 이곳에는 지켜야 할 사람이 둘이나 있었으니까.

대뜸 콩이 양손을 뻗어선 한 바퀴 돌았다 섰다.

"저기요. 방금 황운의 말로 미루어보니, 성함이 르나이아가? 맞나요?"

"맞아."

"흐음. 르나이아가, 12성신과 2주신은 뭘 의미하는지 아시나요?"

"알 게 뭐야."

르나이아가의 퉁명스러운 반응과 상관없이 콩의 말이 이어졌다.

"12성신은 12개의 속성을 뜻하죠. 그럼 만약 12개의 속성을 모두 다룰 줄 아는 사람이 있다면 어떨 것 같으세요?"

"마치 자신이 가능하다는 듯이 들리는데?"

콩은 고개를 절레절레 흔들었다.

"아뇨. 저도 12속성을 모두 다룬다는 건 불가능해요. 아마 이 세상에서 12속성을 모두 다룰 수 있는 인간은 한 명뿐일 거예요. 신탑 요네룬의 대학장이자, 세상으로부터 대현자라고 불리는 사람…… 대현자 아르메. 그분뿐이죠."

"아무튼 너는 아니란 건데. 그게 중요해?"

"네. 중요해요. 저는 대현자 아르메로부터 직계 가르침을 받은 몸. 지금은 떠났지만, 한때나마 신탑 요네룬에서 신세를 졌던 몸. 7가지 속성을 다룰 수 있는 마법사니까요."

콩의 오른손에 화염의 기운이 응어리졌고, 왼손에는 세찬바람의 기운이 휘몰아치기 시작했다. 그리고 더 이상의 대화는 없었다.

"화염의 회오리, 내 앞을 가로막는 모든 것을 휩쓸어 버려라."

마치 불꽃을 휘감은 토네이도가 정면으로 치고 들어오는 것 같았다. 강렬한 회오리바람이 일으킨 풍압에 통로 자체가 휩쓸려 들어갔다. 귀족들이나 단원들은 어쩔 줄 몰라 하며 도망치기 바빴다.

쾅과광—!

삽시간에 도박장의 한 귀퉁이가 송두리째 잿더미로 변해 버렸다.

회오리의 참극을 겨우 피해 낸 르나이아가가 숨을 가다듬기 바쁘게, 이번에는 무수히 많은 얼음송곳들이 날아왔다.

르나이아가는 인간을 초월하는 동체시력으로 송곳들을 피해 냈다. 그러면서 메를리니와 겨토의 상황을 살피곤 했다.

다행히 두 사람은 메를리니가 쳐 둔 보호막 덕분에 안전했다. 직접적인 공격은 모두 르나이아가에게 쏟아진 적분에 가능한 경우였다.

"후아. 이번에는 나무와 돌덩이야?"

순식간에 르나이아가의 뒤쪽에 대나무들이 자라나 퇴로를 막아버렸다. 그리고 정면에선 큰 바위가 굴러들어 왔다.

르나이아가의 몸에 검은 털이 자라나면서 반인반수의 형태를 취했다. 그의 두툼해진 주먹이 바위와 정면으로 충돌했다.

쩌저적—!

바위가 비명을 지르며 멈췄다. 인간형일 때보다 몸놀림이 빨라진 르나이아가는 바위를 걷어내고 콩에게 달려들었다.

콩이 손짓하자 이번에는 얼음장벽이 둘 사이에 생성됐다.

쿵—!

르나이아가의 거친 주먹이 얼음벽을 때렸다. 그러나 얼음벽은 잠깐 흔들리기만 했을 뿐, 부서지지는 않았다.

"차라리 잘 됐나. 이대로 도망이라도 가면…… 음?"

순간 이상야릇한 느낌이 얼음장벽에 가해졌다. 그리고 마치 지우개로 지운 듯 얼음덩어리가 사라져 버렸다.

동시에 불꽃의 창날이 쌩 하고 스쳐 갔다. 본능적으로 불의 창을 피해 낸 르나이아가의 뺨에 식은땀이 흘렀다.

"젠장. 뭐 이런 괴물자식이 다 있어?"

"그 말은 취소해 줬으면 하네요."

"네 또래에 이 정도면 괴물이지, 정상이냐."

그 말에 콩의 인상이 일그러졌다. 그러든 말든 르나이아가는 계속해서 몇 마디를 내뱉었다.

얼굴이 붉으락푸르락해진 콩이 마법의 기운을 양손에 집중했다.

"언제까지 그런 여유를 부릴 수 있을까요."

콩의 오른손에는 작렬하는 화염이, 왼손에는 기괴한 비명을 울리는 얼음이, 그리고 발에는 소용돌이치는 바람이 깃들었다.

먼저 내뻗은 것은 발차기였다. 이전번에 날렸던 회오리와는 차원이 달랐다. 앞에 보이는 모든 형태가 있는 것들을 휩쓸어 버렸다.

르나이아가는 얼른 두 사람을 챙겨서 회오리의 참극으로부터 몸을 피했다.

회오리바람은 일정 시간이 흐르자 하늘 위로 치솟았고, 곧 요새의 천장이 송두리째 날아가 버렸다. 뻥 뚫린 천장으로 별빛이 내비쳤다.

르나이아가가 칫, 하고 혀를 찼다.

"겨토, 일단 튀자. 저 꼬마 장난이 아닌 것 같다."

"그, 그걸 이제야 안 거냐……?"

"아, 잔말 말고. 두 사람 다 내 등에 올라타."

"등이라고? 무슨……? 허어……."

르나이아가가 늑대의 모습으로 변신했다. 그가 가느다란 눈동자로 신호를 주자, 메를리니와 겨토는 얼른 르나이아가의 등에 올라탔다.

슬슬 르나이아가가 다리에 힘을 주려는 찰나.

거대한 화염의 업화가 덮쳐 왔다. 주변 시야를 모두 뒤엎을 만큼 커다란 불길이었다.

"으아. 정말 장난 아니구나. 두 사람, 몸 숙이고 꽉 잡아."

르나이아가는 그대로 불길의 중심으로 뛰어들었다. 바람을 가를 듯 빠른 속도로 화염의 핵을 통과하는 데 성공했다.

털에 옮겨 붙은 잔불을 털어 내며 돌진하려는 그의 앞에 얼음송곳들이 퍼부어졌다. 생각할 겨를도 없었다. 이를 악물고 송곳세례를 온몸으로 받아 냈다. 그의 등 뒤에 쭈그려 누워 있던 두 사람도 바짝 몸을 밀착했다.

한차례 폭풍 같던 얼음세례를 뚫고 지나오자, 정면에 콩의 모습이 보였다. 콩이 손짓하자 땅속에서부터 넝쿨이 빗발쳤다.

르나이아가는 장막의 옆쪽으로 발을 돌렸다. 그의 움직

임을 따라 정면에 계속해서 줄기들이 장막을 쳐 댔다. 그러든 말든 르나이아가가 계속해서 옆쪽으로 이동하자, 급기야 돌기둥까지 무너트리며 넝쿨이 올라왔다.

콩의 공격 하나하나가 흡사 천변재해에 가까웠다. 적어도 일반인들의 눈에는 그래 보였다.

"어휴. 이대로는 끝이 없겠구만."

르나이아가는 발뒤꿈치에 힘을 주고 넝쿨을 올라탔다. 나무넝쿨을 넘어서 지나갈 계산이었다. 그러나 그의 그런 안일한 생각을 비웃기라도 하듯 나무줄기는 그의 움직임을 따라 점점 성장하기 시작했다. 그가 옆으로 이동하면 따라서 옆쪽도 상승했다.

이미 콩의 마법으로 엉망진창이 돼버렸던 요새였지만, 이제는 정말 형체를 유지하기도 힘들게 망가져 버렸다. 무너져 내린 기둥만도 셀 수 없이 많았다.

건물의 중심이 무너지려 시작하자 지반도 뒤흔들렸다. 콩의 몸도 중심축을 잃고 비틀거렸다. 그때를 틈타 르나이아가가 나무넝쿨을 넘었다. 밤하늘에 어린 보름달과 르나이아가의 모습이 교차했다.

넝쿨의 반대편까지 넘어온 르나이아가는 그대로 하늘 높이 솟아났던 넝쿨을 디딤대 삼아 쭉 달려 내려갔다. 올라갈

때와는 비교도 안 될 빠르기였다. 순식간에 콩의 앞까지 다다랐다.

"어, 얼음의 장막!"

콩이 황급히 얼음의 벽을 만들어 자신을 보호했다.

그런데 웬걸. 르나이아가는 그대로 얼음벽을 발판 삼아 내달렸다. 그는 눈 깜짝할 사이에 요새를 빠져나갔다.

콩이 얼떨떨한 얼굴로 중얼거렸다.

"……뭐, 뭐야?"

"뭐긴 뭐야. 일단 피하자! 건물이 완전히 무너지기 일보 직전이야!"

황운이 달려와 자신의 등을 내밀었다.

"으으!"

콩은 발을 동동 구르다가 이내 황운의 등허리에 올라탔다. 르나이아가만큼은 아니었지만 황운의 속도도 상당했다.

아까부터 도망치고 있었던 단원들을 제쳐서 건물이 무너지기 직전에 빠져나왔다. 바깥까지 뛰쳐나온 콩은 뒤이어 나오고 있던 사람들을 위해 마법을 펼쳐줬다.

저 멀리 르나이아가의 뒷모습이 보였지만 당장은 그게 중요치 않았다. 자신이 빚어낸 난장판으로 사람들이 죽는

걸 막는 게 우선이었다.

"삭제. 삭제. 삭제."

콩의 목소리와 양손이 동선을 이루며 눈에 보이지 않는 어떤 힘이 건물파편들에 꽂혔다. 차례차례 파편들이 공기 중으로 사라졌다.

그것은 안에 있던 사람들이 모두 빠져나올 때까지 계속 됐다. 한참 뒤, 상황이 종결되고서야 콩은 안도의 숨을 내 쉬었다. 이내 기운이 빠졌는지 콩은 황운의 목 언저리에 기 댄 채 잠이 들었다.

황운은 빙긋 웃으며 콩을 데리고 자리를 벗어났다.

그들이 요새에서 벗어났을 즈음.

요새를 지탱해 주고 있었던 잔재가 와르르 무너져 내렸 다.

*   *   *

잔잔한 바닷물에 배가 살살 흔들거렸다.

갑판 위에서 선원들이 분주하게 움직이는 중이었다. 간 혹 드센 파도가 배를 강타할라치면 더욱 바삐 돌아다녔다.

그들의 임무는 무사히 항해를 완주하는 게 아니었다. 어떻게 하면 배를 안정적으로 행선지까지 인도할지가 그들의 주목적이었다.

전자나 후자나 별반 차이 없었으나, 세부적으로 파고들면 분명한 차이가 있었다. 그도 그럴 것이 그들이 운행 중이던 선박에는 대단한 귀빈이 타고 있었다.

배부터가 엄청 고급스러웠다.

배의 겉면을 구성하고 있던 나무는 최고급 재질이었고, 중요부위에 덧씌워져 있던 철판때기는 녹슨 부분이 전혀 보이지 않았다. 돛대를 이루는 나무도 최고급 상수리나무였다.

맨질거리는 돛대 꼭대기에서 휘날리고 있는 깃발에는 금색으로 자수를 놓은 독수리가 새겨져 있었다.

쿵—!

선원들의 주의에도 불구하고 한 차례 배가 흔들렸다. 선원들은 허겁지겁 놀란 기색이 역력했다. 그중에서도 선장의 안색이 가장 비루해졌다.

선장은 헐레벌떡 선실로 달려와 귀빈에게 양해를 구했다.

정작 귀빈은 별로 신경 쓰지 않는 눈치였다.

"괜찮습니다. 가끔은 이런 요란함도 있어야죠. 선장님께서는 걱정 마시고 마저 업무를 보도록 하세요.”

“아…… 옙! 알겠습니다!”

선장은 허겁지겁 선장실로 돌아갔다.

귀빈은 앉은 자세 그대로 기지개를 쭉 켰다. 뿌드득, 찌뿌드드했던 몸이 풀리면서 시원함이 느껴졌다.

이윽고 그가 눈짓하자 옆에 서 있던 여인이 다가왔다. 여인은 조심스레 손에 들고 있던 포도 접시를 내밀었다.

귀빈은 포도 몇 알의 껍질을 벗겨서 입안에 쏙 넣었다. 혀로 천천히 음미하니 포도의 달콤시큼한 맛이 입 안에 감돌았다.

“후우. 바닷바람이나 쐬어 볼까.”

귀빈은 뒤따르는 모든 여인을 물리고 선실 밖으로 나섰다. 얕게 흔들거리는 바닥을 딛고 배 난간까지 걸어갔다.

선선한 바닷바람이 불어와 얼굴을 적셨다. 귀빈의 자줏빛 머리카락이 바람에 흩날렸다.

“갈매기들이 참 많군.”

갈매기 떼가 창공을 노닐고 있었다. 그 누구에게도 제재받지 않는 자유로운 날갯짓이었다.

그 광경을 지켜보며 귀빈이 빙그레 웃자, 놀랍게도 몇 마리의 갈매기들이 대열을 빠져나와 귀빈의 어깨에 안착했다.

마지막에 도착한 갈매기가 귀빈의 손등에 올라탄 채 까아까아, 거렸다.

귀빈이 눈짓하자 뒤에 서 있었던 사내가 품에서 새 먹이를 꺼내 건넸다.

갈매기들은 새 먹이를 받아먹고 까아까아, 거리며 가족이 있는 곳으로 돌아갔다.

귀빈의 눈동자가 바다 저 너머를 향했다. 배가 가고 있는 도착지이자, 그의 호기심과 목적이 모여 있는 곳, 에티로카로.

"상운, 루티아르 왕국에는 또 얼마나 진귀한 보물들이 넘쳐날까."

"예. 아르펜 황자님께서 원하시는 것들이 잔뜩 있을 것입니다. 황자님께서 기뻐하실 모습을 상상하니 제 기분도 좋습니다."

"어허. 너무 속 보이는걸. 역시 상운은 아직 카르디아 말에 서툴러. 좀 더 연습하도록."

"예. 알겠습니다."

상운은 스르르 뒤로 물러나며 다시 주변을 경계했다.

아르펜은 아까도 읽었던 서신을 또 읽어보며 입가에 미

소를 담았다.

서신의 끝 부분에 얼음과 불을 상징하는 인장이 찍혀 있었다. 얼음과 불의 혼연을 다루는 문양은 그랑디아 상단주 마리오의 상징이었다.

제6장

상인왕의 그릇

『어느 날, 개인서고에 들렸을 때 유독 제자리를 찾지 못한 책이 한 권 보였다. 해적 대 상인이라는 책이었는데 꽤나 인상 깊은 내용이었던 걸로 기억한다. 상상이 가는가? 싸우는 전투상단이라는 것을. 적어도 그 상단은 바다에서 해적에게 진 적이 없었다.

—다이헤르 제국 수석서기관 아미고의 일기 中—』

쩌저적―!

압력에 못 이기고 나무 문짝이 산산조각 났다. 주변에 흩뿌려진 잔재 위로 경호원들이 쓰러졌다. 그들의 옷자락에는 잔불과 얼음조각이 난자했다.

순식간에 경호원들을 잃은 체페트 상단주 포보크는 이마의 땀을 훔쳤다. 그는 잔뜩 긴장한 얼굴로 정면의 상대를 응시했다.

마리오의 붉게 물들었던 오른손과 푸르게 물들었던 왼손

이 천천히 원상태로 돌아왔다. 그는 주먹을 우드득, 풀어주며 포보크와 마주 섰다.

"포보크 양반."

"뭐, 뭐냐. 이…… 감히 네가 이런 짓을 하고도 무사할 줄 아느냐?"

마리오가 검지로 포보크의 가슴팍을 콕콕 찔렀다.

"애초에 시비를 건 게 먼저인지 되새겨보시지요. 댁네 무법의 요새가 송두리째 날아간 건 안타깝게 됐습니다. 근데 그 죄를 왜 우리에게 묻는 거냔 말입니다."

"그딴 무례한 놈을 침투시켜서 일을 벌일 놈들이 너희 말고 또 누가 있느냐?"

포보크는 귀족들의 항의서를 내밀어 보였다. 항의의 내용은 말할 것도 없이 뻔했고, 작성한 이들도 당시 그 자리에 있었던 놈팡이들이었다.

마리오는 항의서를 대충 읽어보고는 다시 포보크에게 돌려줬다.

"항의서가 뭘 의미하는지는 잘 알겠습니다. 근데 항의서가 가리키는 대상이 딱히 우리는 아닌 것 같은데요. 항의의 대상은 우리 그랑디아가 아니라, 포보크 양반네 체페트네요. 근데 왜 자꾸 우리한테 이러실까."

"내 고용인인 콩이 말했다! 그 침입자 녀석이 누군지 안다고 말이야!"

"아차차. 고용인에 대해 나와서 말인데. 애초에 요새 건물을 무너트린 것도 그 콩이라는 고용인 아닙니까? 얼핏 듣기로는 마법이 빗발치면서 난리가 아니었다던데. 그럼 체페트 잘못 맞네."

"뭐, 뭐라고! 그 침입자 녀석이 침입했던 이유가…… 크으……."

포보크는 말을 마저 잇지 못했다. 그 사실을 말하면, 자신이 사람을 시켜 그랑디아의 부상단주를 납치했다고 시인하는 꼴이었다. 그는 얼른 화제를 돌려서 다른 문제로 걸고 넘어갔다.

그러면 마리오도 비꼬듯 살짝 약 올리면서 철저하게 응대했다. 둘의 꼬투리 잡는 설전은 포보크가 그만두면서야 종료되었다. 머리끝까지 화가 난 포보크는 연신 씩씩거리며 그랑디아 지부건물을 떠났다.

마리오는 서랍에서 파이프담배를 꺼내 한 모금 빨았다. 이내 모케가 다가와 괜찮냐고 묻자, 피식 웃었다.

"포뚱땡이도 억울하겠지. 기껏 왕비를 만나러 수도까지 먼 길 다녀왔는데 말이야. 돌아오자마자 무법의 요새가 무너져 있지 않나. 거기에 귀족들의 항의가 빗발쳐. 포르테 공작 가에선 일일이 책임을 물어대. 아주 미칠 지경이겠지."

마리오는 담배 연기를 후, 불었다.

"그렇다고 콩이라는 그 고용인한테 뭘 따질 수도 없을걸. 모케, 상상이나 돼? 인간 하나가 마법으로 그 거대한 건축물을 날려 버린 거잖아. 뜬소문으로는 신탑 요네룬에서도 천재라고 불렸던 발칙한 꼬마라던데."

"확실히 그런 괴물 같은 사람한테 함부로 덤볐다간 제대로 역공을 당하겠군요. 체페트 상단 입장에선 괜히 들쑤셔서 문제를 악화시킬 필요는 없겠죠."

"더군다나 그 콩이라는 꼬마가 무슨 돈이 있어서 그걸 배상해 주겠냐고. 크큭. 르나이아가라고 했던가? 그자가 아주 제대로 한건 해 줬어. 겸사겸사 망할 겨토도 구해오고 말이야. 이거 잘못하다간 우리 황자님께서 제대로 덤탱이 쓰시게 되겠는걸."

"결국 모든 부담은 황자님께 전가할 셈이시군요."

"뭐 그렇지. 모케, 너도 참 궁금하지 않아? 일국의 왕태자비와, 제국의 황자가 상권을 두고 줄다리기 하는 모습 말이야. 난 궁금해서 미칠 지경인데."

마리오는 팔짱을 끼고 방이 꺼져라 웃어재꼈다.

*　　　*　　　*

탈각.

방문이 스르르 열렸다. 겨토는 조심스레 눈치를 보다가 쓱 들어섰다.

방 안은 아무것도 보이지 않는 깜깜한 실내였다. 그 사이 뒤따라 들어온 두 남자가 천장과 바닥, 벽간에 함정이나 위험한 것이 없는지 살폈다.

그때 반대편에 있던 누군가가 벽 위에 걸어놨던 등잔에 불을 붙였다.

겨토가 화들짝 놀라선 바닥에 엉덩이를 포갰다. 등잔에 불이 옮겨 붙자 서서히 방 안이 환해졌다.

등잔의 불빛을 벗 삼아 르나이아가가 깔깔거리며 웃었다. 그가 배를 부여잡고 웃어 대는 사이, 겨토는 부하들을 물리고 자리에서 일어났다.

"하여간 고약한 취미는 여전하군."

"애써 점잖은 척할 필요 있나. 우리 사이에."

"우리 사이라니? 우리는 그냥 거래를 위해 잠깐 만나는 사이일 뿐이야. 친한 척 말라고."

겨토는 입을 비죽이며 소파에 앉았다.

방에는 푹신한 침대 하나와 옷장, 테이블, 창문, 문짝 하나, 소파 정도가 전부였다. 일반적인 객실의 형태를 취하고 있었다. 그랑디아 에티로카 지부 건물에서 손님을 묵게 하기 위해 마련한 방이었다.

비단 이곳뿐만 아니라 그랑디아 본사나 지부건물의 모든 구조는 기본형이 비슷했다. 겨토는 문득 오래전 기억이 떠올랐다. 몇 년 전, 겨토가 모케의 초대로 그랑디아에 처음 발을 들였을 때도 이런 방에 묵었었다.

르나이아가가 새끼손가락으로 귓구멍을 후볐다.

"그래도 생사고락인가? 뭐 그런 거 함께한 사이잖아. 물론 내 덕이 컸지만."

"그래, 너 잘났다."

이후 겨토가 뭐라 더 중얼거렸으나, 르나이아가는 그다지 관심이 없는 눈치였다. 그의 그런 능글맞은 태도가 겨토에게는 아직 낯설게 느껴졌다.

겨토 또한 마리오와 모케로부터 르나이아가의 목적에 대해서 들은 상태였다. 왕태자비가 그런 중요한 임무에 이런 녀석을 보냈다는 게 실로 놀라웠다. 내심 왕태자비가 어떤 사람일지 궁금해졌다.

"저기, 르나이아가."

"어? 왜?"

르나이아가는 큼지막한 귀지를 파내서 방바닥에 툭, 흘렸다. 겨토는 인상을 찌푸리며 말을 이었다.

"괜찮다면 네가 모시는 왕태자비님에 대해서 알려주지 않겠어? 어떤 분이야?"

르나이아가는 고민 없이 바로 답했다.

"딱히 모시는 건 아니야. 친구 같은 존재지. 엉뚱하기도 하고, 진중하기도 하고, 머리가 좋은 것 같다가도, 모자란 것 같기도 하지. 주변에선 아름답다고 칭송하는데 나는 별로 잘 모르겠더라고."

"……."

겨토는 할 말을 잃었다.

그의 시선에 비치는 르나이아가는 정말 막장이었다. 이 것 또한 르나이아가의 태생 때문인가 싶기도 했다. 르나이아가의 정체에 대해선, 무법의 요새를 함께 빠져나오는 동안 얼핏 들어서 알고 있었다.

새삼 왕태자비를 맞먹게 본다는 점에서 늑대인간이 맞긴 맞구나 싶었다. 겨토의 이마에 성글성글 땀이 맺혔다. 그는 주머니에서 손수건을 꺼내 이마를 훔쳤다.

르나이아가도 괜히 따라 하려는 듯 손수건을 꺼내서 코를 흥, 하고 풀었다.

'그러고 보면 메를리니는 금방 돌아갈 거면 왜 왔던 거람.'

메를리니는 에티로카에 돌아오자마자 항구로 떠난 상태였다. 랑기레 해역에서 이르에 일행과 조우하겠다는 계획이었다. 그녀는 떠나기 전에 르나이아가에게 몇 가지 지침을 강조했지만, 정작 르나이아가는 별 관심이 없었다.

"근데 나만 말하니까 좀 손해인걸. 네 두목인 마리오 상단주에 대해선 얼핏 알겠고. 너희가 모시고 있는 황자는 어때?"

"아르펜 3황자님은 멋진 분이시지. 황위계승에는 별로 관심이 없으신 것 같지만, 오히려 그런 덕분에 우리가 후원도 받고 있는 거지. 여러모로 그분이 상권에 뛰어드신 건 우리에게 크나큰 행운이었어. 에티로카 지부로 온 뒤로 뵙지 못했으니 근 1년 만에 뵙는 거려나."

겨토의 눈동자에 생기가 돌았다.

르나이아가는 이해할 수 없다는 듯 시큰둥했다.

"나는 별로 그런 감정은 들지 않는데. '그 여자는 느긋하게 지내고 있을걸' 정도."

"너 왕태자비님의 측근 아니었냐? 진짜 그렇게 막말해도 되는 거야?"

"네 말대로 난 측근이니까."

"너 측근이란 단어가 뭔지는 알고 말하는 거냐?"

"그냥 가까운 사이 아니야? 격식 그런 거 안 차려도 되는 그런 거. 이르에도 자기들끼리만 있을 땐 막 대하던데."

"이르에는 또 누구야?"

"있어. 백발의 여잔데 한 성깔하지."

겨토는 머리가 지끈거렸다.

자신의 상식 범위에서 르나이아가는 도저히 이해할 수 없는 생물이었다. 그냥 인간의 말을 할 줄 알고, 인간의 모습으로 변신할 수 있는 늑대 한 마리 같았다. 그는 애써 르나이아가의 파란만장한 태도를 외면하고 1년 전 뵈었던 황자님의 얼굴을 떠올려다봤다.

"후우. 황자님이 어서 오셔야 할 텐데……."

*　　*　　*

겨토의 바람과 달리 상황은 새로운 반전으로 치닫기 시

작했다.

다이헤르 제국의 3황자 아르펜 폰 이틀로이하와, 루티아르 왕국의 왕태자비 메를리니 폰 루티아는 예정과 달리 에티로카에 당도하지 않았다.

며칠이 더 지났음에도 어째선지 두 쪽 다 소식이 끊겨버렸다. 암암리에 각자의 근거지에서 출발했던 그들이 아직까지 도착하지 않은 건 큰 파장이었다.

당연히 도착했어도 어제는 도착했어야 정상이었던 이들이 아직 당도하지 않았을 뿐더러, 그 어떤 소식도 없었다. 어느 시점부터 연락망이 막혀버렸다.

"젠장! 어떻게 된 거야! 모두 모이라 그래!"

마리오는 황급히 에티로카 지부 단원들을 모두 소집하기에 이르렀다. 그 자리에는 겨토와 르나이아가도 함께였다. 마리오는 모두가 모였음을 인지하고 사태의 심각성에 대해 재차 강조했다.

그랑디아를 중심으로 퍼져 있는 정보망은 결코 얕지 않았음에도, 황자와 왕태자비에 대한 정보가 전혀 나오지 않았다. 그렇기에 상황은 급박했다.

발 없는 소문이 어찌나 빠르던지 벌써 황자의 실종 소식이 제국 남부 관할구의 귀에 들어간 직후였다. 내일이나 모레쯤에 제국에서 감찰관이 도착할 것이었다.

황자를 호출한 게 그랑디아의 상단주 마리오였으니 당연하다면 당연한 조치였다. 감찰관으로는 제국 남부 관할지역에서 깐깐하기로 소문난 다니 백작이었다.

"벙어리 마냥 가만히 있지 말고 방안을 마련해 봐!"

마리오는 입술을 짓씹으며 대책을 요구했고, 단원들은 최대한 머리를 궁리해 봤다. 그래도 별다른 답은 나오지 않은 채 하루가 흘러갔다.

이튿날, 원하지 않았던 손님은 차질 없이 에티로카에 도착했다. 그를 맞이하기 위해 마리오는 에티로카 지부 건물 3층 서고를 비워두었다.

저택 3층 서고는 무늬뿐인 휴식처였다. 소설책이 수두룩하게 있었지만 읽어본 책은 손에 꼽을 정도였다. 원래 마리오는 전투교본 등을 즐겨 읽었던 편이었지, 문학책 같은 감상에 빠지는 건 좋아하지 않았다.

창가 앞에 서 있었던 마리오는 입에 물고 있던 파이프담배를 내려놓더니, 신경질적으로 입술을 짓씹었다.

창가 아래로 푸른 행렬이 보였다.

푸른 제복을 입은 병사들의 중앙으로 가마에 올라 햇볕을 쬐고 있는 거만함이 보였다.

다니 백작은 사치스러운 말라깽이었다. 감찰관이라는 직책이 무색하게 개인의 사리사욕을 중시하는 남자였다. 그점은 마리오에게 있어 좋은 점도 있었지만, 나쁜 점이 더 많았다. 부패한 쓰레기 백작에게 아부를 떠는 것은 그의 자존심에 금을 긋는 행위였다.

행렬이 창가의 시야에서 사라졌다. 건물 안으로 들어온 것이다. 이제 조금만 더 있으면 그 거만한 해골을 보게 될 판이었다.

"제기랄. 빨리도 오는군."

똑똑.

노크 소리가 들렸다.

마리오가 별 반응을 보이지 않자, 잠시 뜸을 드렸다가 문을 열고 들어왔다. 다니는 얼굴 한가득 미소를 짓고 있었다. 윤기 없이 말라비틀어진 그의 웃음은 이질적이었다.

마리오는 자신이 직접 대면한 남부감찰관은 다니 밖에 없었지만, 만약 다른 이들도 이렇다면 제국 남부의 감찰체계는 이미 망한 거라고 여겼다.

"다니 백작님, 오시는 길 불편하지는 않으셨습니까."

"불편하고 자시고 다음부터는 1층에서 보거나, 정원에서 봤으면 하오."

다니는 숨을 가쁘게 쉬며 손수건으로 목을 훔쳤다.

"이거야 원, 방문하는 것만으로 이렇게 힘들어서야. 이런 사소한 것들도 다 체크사항이니 명심하시오."

최소한의 경어를 쓰긴 했으나 마음에서 우러러 나오는 말투는 아니었다. 평소 다니는 마리오를 탐탁지 않게 여겼다.

어디서 제대로 성분도 알 수 없는 놈이 제국 남부의 상권을 쥔 게 못마땅했다. 그의 눈에는 그저 운 좋게 3황자의 눈에 들어 낙하산을 탄 걸로 비춰졌다. 잔뜩 벼르고 있었던 차에 방패막이었던 3황자의 실종으로 제대로 기회가 찾아온 것이다.

마리오가 선뜻 답하지 않자, 다니가 신경질적으로 내뱉었다.

"대답을 하시오. 알겠소?"

마리오는 마지못해 대답했다.

"알겠습니다. 다음번에는 주의하도록 하겠습니다."

뻣뻣한 마리오가 허리를 굽혀 보이자 다니는 비웃듯 한쪽 입술을 올렸다. 그는 소파에 걸터앉더니, 손짓으로 단원에게 물을 대령시켰다.

가지런히 준비해 온 물 잔을 한 모금 마셔보고는 그대로

잔을 내쳐버렸다. 몹시 짜증스러운 얼굴이었다.

"대 다이헤르 제국의 백작이자, 남부의 대표 감찰관님께 이딴 걸 마시라고 가져온 건가? 최고급 쟈스민 차를 가져와도 마셔줄까 말까인 것을!"

점점 언성이 높아져 갔다. 어쩔 줄 몰라 하며 허둥대고 있는 단원을 물리며 마리오가 다가왔다. 그는 깊게 절하며 말했다.

"죄송합니다. 제 부주의입니다. 부디 넓은 아량으로 이해해 주십시오. 그 대신으로 뭣하지만, 백작님께서 흡족하실 선물을 준비해놨습니다."

마리오가 눈짓하자, 단원들이 서재 구석에 챙겨놨던 선물보따리를 가져왔다. 귀하디귀한 실크프리 섬의 비단으로 만든 보따리였다. 내용물도 평소 다니가 좋아하는 물건들로 가득했다.

다니는 혀를 날름거리며 신이 났다. 그는 진상품을 일일이 확인해 봤다. 한참을 그런 뒤에야 흠흠, 목소리를 가다듬고 본론을 입에 올렸다. 말투는 아까에 비하면 눈에 띄게 온화해졌다.

"3황자님의 행방은 아직이오?"

"예. 황자님께서 지나실 예정이었던 해로를 샅샅이 뒤지고 있습니다만……."

"그럼에도 아무런 흔적이 없다면 뭔가 다른 게 있을지도 모르겠구려."

"예. 일단은 수색에 좀 더 치중하도록 하겠습니다. 저의 불찰이었던 만큼 최후에는 제가 책임을 지도록 하겠습니다."

마리오는 정중히 고개를 숙였다.

다니는 어울리지 않게 사람 좋은 표정을 지으며 마리오를 위로해 주었다. 사실 다니로서는 손해 볼 게 없는 장사였다.

3황자가 생환하면 그건 그것대로 경사스러운 일이었고, 최악의 경우가 발생하더라도 모든 죄는 그랑디아의 몫이었다.

다니는 황자가 실종됐다는 것조차 자신의 사리사욕으로 이용해버리는 그런 사내였다. 이내 싱글벙글하며 진상품을 챙기고 숙소로 돌아갔다. 창가 너머로 그의 사치스러운 뒷모습이 내보였다.

쿵!

마리오가 불끈 쥔 주먹으로 서재 벽을 쳤다.

"혹여 황자님이 돌아오셔도 당장에 네놈을 끌어내리진

못하겠지만. 언젠가 네놈도 포똥땡이처럼 잘근잘근 구겨줄 테다."

마리오는 왼발로 바닥을 탁탁탁, 치며 애간장이 탔다. 어 찌 됐든 3황자의 소재가 파악이 돼야 뭘 하든 할 수 있었 다.

그때 모케가 서재로 들어왔다. 그의 뒤로 겨토와 르나이 아가도 함께였다.

마리오는 창문에서 시선을 떼지 않은 채 입을 열었다.

"모케, 황자님에 대한 소식은?"

"여전히 오리무중입니다. 저희 관할의 해역을 아무리 뒤 져도 자잘한 단서조차 나오지 않고 있습니다."

"진짜 미칠 노릇이군. 겨토, 너는 어때?"

"아직 확실치는 않습니다만⋯⋯."

겨토가 말을 흐리자, 마리오가 한숨을 크게 내쉬었다.

"뜸들이지 말고 말해."

"황자님이 틈틈이 일기 쓰시는 건 알고 계시죠?"

"감수성이 풍부한 분이셨지."

"그제쯤이었나? 일기의 종잇조각이 저희 관할 항구에서 발견됐습니다. 아무래도 직접 키우시는 새나 지나던 갈매 기 등이 물고 다녔던 것 같습니다."

겨토의 말이 자꾸 두서없이 설명 위주로 진행되자, 마리오가 짜증스러운 얼굴로 돌아봤다. 그의 살벌한 눈초리에 겨토는 얼른 결론을 맺었다.

"날짜가 며칠 전이었습니다. 정상적인 항해를 하셨다면 저희 해역과 체페트 상단 해역이 교차하는 위치쯤이었을 겁니다."

"랑기레 해역의 중심부인가…… 모케."

"예. 요 며칠간 체페트 상단의 행적을 조사해 보겠습니다."

"포뚱땡이가 아주 발칙한 짓을 하셨나 본데. 과연 돼지 자식 머리에서 나올 만한 비열한 짓거리야. 이봐, 르나이아가."

딴청을 피우느라 르나이아가는 멍한 얼굴로 반응했다.

"아? 어? 왜 불러?"

"당최 르나이아가 당신을 보면 우리만 딴 세상사람 같군. 황자님의 행방은 그렇다 쳐도, 왕태자비님도 감감무소식인데 걱정되지도 않나?"

"무슨 사고를 당했다면 그게 그 여자의 운명이겠지. 그걸 떠나서 그다지 걱정할 필요는 없어. 그 여자의 곁에는 제법 뛰어난 사람들이 함께하고 있으니까."

"대단한 믿음 납셨군. 그럼 왕태자비님은 알아서 찾아오실 테고, 우리는 당장 앞에 놓인 급한 불을 끄는 데 전념하겠다. 모케, 겨토. 서두르자. 시급을 다툰다."

모케와 겨토는 거의 동시에 대답했다.

*　　　*　　　*

마리오는 그늘 벤치에 앉아 바람을 만끽하는 중이었다. 갑갑했던 마음이 뻥 뚫리는 기분이었다. 그 남자가 찾아오기 전까지는.

마리오의 미간에 주름이 잡혔다.

"포보크 상단주 씨."

"왜 부르시나? 마리오 상단주 씨."

"당신이 이 시점에 이곳에 찾아온 이유는 뭐지?"

"그냥 지나던 길에 마리오 상단주 씨께서 보여서 말이네. 인사나 나누자는 것에 무슨 의미가 더 있겠나?"

그렇게 말하며 포보크는 보일 듯 말 듯 음흉한 미소를 지었다. 그걸 포착한 마리오의 표정이 더욱 어두워졌다. 마리오의 살기어린 눈빛은 당장에라도 포보크의 눈알을 파버릴 것처럼 사나웠다.

포보크는 팔짱을 끼며 나무에 기댔다.

"마리오, 듣자 하니 내 뒷조사를 하고 다닌다더군. 도를 넘어서는 건 좋지 않아."

"그래? 누군지 몰라도 아주 잘하고 있는걸. 그래서 당신의 기름진 사생활이 좀 드러나기라도 하셨나?"

마리오의 가시 돋은 비아냥이 계속됐다.

그러나 포보크는 딱히 맞대응하거나 신경질을 부리지 않았다. 이전번에 무법의 요새 건으로 만났을 때와는 정반대 상황이었다. 그는 한껏 여유를 부리며 종이를 한 장 꺼내 내밀었다.

계약서였다.

그랑디아 상단이 에티로카 지부에서 물러남과 동시에, 추가적으로 물자를 지원해 주면, 왕비님께 부탁해서 제국에게 최대한 선처를 부탁하겠다는 내용이었다.

마리오는 처음부터 끝까지 쭉 읽어 내리고는 그대로 종이를 찢어 버렸다. 그러고도 화가 풀리지 않았는지 숨을 몰아쉬며 씩씩거렸다.

포보크가 고개를 갸우뚱하며 피식거렸다.

"왜? 싫은가? 우리 체페트 상단이 특별히 도움의 손길을 주겠다는데."

"……."

"싫으면 할 수 없지. 수고하게나."

포보크는 마리오의 어깨를 툭툭 다독여주며 의기양양하게 떠나갔다.

그때 마리오가 그를 불러 세웠다. 포보크가 고개를 돌리는 순간, 그의 안면 옆으로 뜨거운 불덩어리가 스쳐 갔다. 포보크의 뺨을 타고 식은땀이 흘렀다.

마리오가 목을 뿌드득, 풀어줬다.

"당신 말이야. 진짜 된통 당하고 싶지 않으면 당장 황자님을 내 앞에 모셔 와야 할 거야."

포보크는 애써 헛웃음을 머금었다.

"도, 도통 무슨 말인지 모르겠군?"

"조만간 다시 보게 될 거야. 명심해. 궁지에 몰린 생쥐는 고양이를 물 수도 있다는걸."

"생쥐라고? 그럼 네가 생쥐란 건가? 크큭."

일순간 마리오의 이마에 힘줄이 불끈했다. 그의 화가 폭발하기 전에 포보크는 얼른 자리를 떴다.

혼자 남은 마리오는 홧김에 나무에 주먹을 내질렀다.

쿵!

나무가 흔들리며 잎사귀가 우수수 떨어졌다. 나무 뒤에

숨어 있었던 모케가 화들짝 놀라서 뛰쳐나왔다.

마리오가 진중한 목소리로 말했다.

"포뚱땡이가 하는 말 잘 들었지?"

"예. 뭔가 숨기는 게 있는 것 같더군요."

"우리가 찾아냈던 황자님의 흔적에 대한 조각들과 조합이 가능할 것 같지?"

모케는 손에 들고 있던 문서 뭉치를 펴봤다. 해역을 조사하면서 나온 온갖 기록을 정리해 놓은 종이묶음이었다. 그는 지난날, 마리오의 명령에 따라 밤을 새서 황자에 대한 흔적을 찾아봤었다. 눈 밑이 퀭해질 정도로 열심히 뒤졌던 만큼 수확은 있었다.

중구난방이긴 했지만 모든 흔적은, 단 한 가지만 확증으로 돌려놓으면 하나로 이어질 수 있었다. 그 확증은 포보크의 체페트 상단이 개입했는가 여부였다.

"익히 아시다시피 체페트 상단은 루티아르 왕국 남부에서는 꽤 관록이 있습니다. 이래저래 연줄도 잡다한 편이죠. 그중 하나가 랑기레 해역에 거점을 두고 있습니다. 정확히는 랑기레 해역에서 북쪽쯤으로 올라가야 하는 곳예요."

"해적섬이구만."

"예. 우리 그랑디아가 협정을 통해 랑기레 해역 남부 쪽을 관할로 두고 있다면, 체페트는 나머지 인근 해역을 모두 차지하고 있죠. 그렇다 보니 체페트가 해적섬과 교류한다는 소문도 적잖게 나돌지 않았습니까."

마리오는 빠드득, 주먹을 가다듬었다.

"이제 그림이 나오는군. 해적과 거래를 해서 우리 황자님을 노린 거란 말이지. 포뚱땡이가 무법의 요새를 통째로 날리고 급하긴 급하셨나 봐. 아마 아까 나한테 계약서를 내밀었던 것도 진심이었겠지."

"예. 아무래도."

"흐음. 만약 이번 사건이 포뚱땡이의 저렴한 머리통에서 나온 거라면, 황자를 건드린 게 사실로 밝혀지기라도 하는 날엔 자기도 곤란해질 테니까. 그래서 혹시라도 나한테 밑밥을 깔아 놓고 싶었던 걸 거야. 후우, 그럼 이제부터 어째야 할까."

"소수정예를 차출해서 보낼까요?"

마리오가 손을 내저었다.

"아니야. 포뚱땡이가 철저하게 방편을 마련해놨을 거야. 체페트도 사활을 건 도박을 펼치는 중이니까. 아마 포뚱땡이도 가용할 수 있는 전력을 동원하고 있겠지. 애초에 둘 다 사활을 걸었어도 상황은 분명히 다르고."

"예. 체페트는 가만히 현 상황을 유지하기만 하면 되지만, 우리는 가만 놔두면 제국에서도 버려지면서 자멸하겠죠."

"어차피 얌전히 있어도 자멸할 거. 우리도 한 방에 모든 걸 건다. 모케, 모을 수 있는 모든 전력을 집결시켜라."

"예. 체페트 감시망을 최대한 벗어날 수 있게 돌아서 가는 루트를 알아보겠습니다."

"무슨 소리야? 당연히 정면 돌파를 해야지. 랑기에 해역 중앙을 관통해서 북쪽까지 치고 들어간다."

모케는 어리둥절해서 눈썹만 약간 움직였다.

마리오가 호기롭게 말했다.

"우리가 흘릴 수 있는 모든 흔적을 뿌려. 우리가 중앙돌파를 할 때 포뚱땡이가 모든 전력을 그곳으로 집결시키게 만들라고."

"그건 너무 무리수가 아닐는지……?"

"분하지만 어차피 정보망은 토박이인 그놈들이 더 뛰어나다. 괜한 잔머리는 오히려 우리에게 해가 될 뿐이야. 그리고 포뚱땡이가 자신의 모든 전력을 그곳에 집중시킨다면, 오히려 잘 된 거지. 그건 곧 자신이 숨기고 싶은 게 해적섬에 있다는 결론이니까."

그제야 모케는 손바닥을 마주치며 옳다구나, 했다.

마리오의 입가에 미소가 어렸다.

"가보자고. 뚱보의 뱃속을 뚫어서 우리의 황자님을 구하러."

*   *   *

파도가 부딪치면서 배가 출렁거렸다.

"끄으……."

배가 흔들거릴 때마다 속이 울렁거렸다. 르나이아가는 때아닌 멀미로 죽을 지경이었다.

평생을 산에서만 살았던 그로서는 배는 너무 낯설었다. 애초에 산지에 적응된 늑대에게는 바다 자체가 공포였다.

엎친 데 덮친 격.

오늘따라 날씨도 험상궂어서 선상이 몹시 흔들거렸다. 선실에서 좀 누워서 쉬려고 했지만 그것도 여의치 않았다. 침대에 눕는 순간, 거친 파도가 배를 강타했다. 격한 진동과 함께 침대에서 굴러 떨어졌다.

"아우!"

르나이아가는 씩씩거리며 선실을 박차고 나왔다.

쿠구궁—!

천둥이 구름과 하늘을 뚫어대며 요란스러웠다.

르나이아가는 괜히 밖으로 나왔나 싶어 후회했다. 다시 선실로 들어가려는데 배가 암초에 걸리면서 크게 흔들렸다.

가뜩이나 중심을 잘 잡지 못했던지라, 그대로 갑판 위를 나뒹굴었다. 선실 반대편까지 굴러갔다가 다시 선실 앞까지 굴러왔다.

"끄아아! 아우! 어, 어?"

버럭 일어났던 르나이아가는 다시 중심을 잃고 휘청거렸다. 그때 겨토가 달려와 손을 잡아줬다. 그의 도움으로 겨우 중심을 잡고 버텨 섰다.

"하아…… 하아…… 고, 고맙다…… 우읍."

몸의 균형이 맞춰지자 배의 미세한 진동이 뱃속을 뒤흔들었다.

르나이아가는 겨토의 도움으로 배 테두리 부근까지 걸어갔다. 그는 쪽팔려서 눈치를 보다가 결국 배 밖으로 힘차게 내용물을 토해 냈다. 몇 차례 구토를 마치고야 좀 살 것 같았다.

그런 르나이아가의 등을 쳐주고 있었던 겨토는 웃음을

애써 참는 중이었다. 입을 틀어막고 버텼지만, 얼마 가지 않아 웃음보가 터졌다.

"푸하하! 르나이아가, 너 정말…… 푸후후……."

"……."

르나이아가는 뭐라 항변을 하고 싶었지만, 속이 너무 울렁거려서 말도 안 나왔다. 그 꼴을 보고 있자니 겨토는 웃겨 죽을 지경이었다. 연신 깔깔대며 르나이아가의 등을 후려쳐줬다.

비웃듯 고개를 갸웃거리다가 웃는 것도 잊지 않았다. 르나이아가는 마음속으로 이놈만은 반드시 응징해 주리라고 다짐했다.

"이봐, 이봐, 약골 르나이아가. 토 좀 그만하고 이쪽으로 따라와."

평소 같았으면 겨토가 끌고 가든 말든 버텨 섰을 르나이아가가, 지금은 순한 어린 양 마냥 겨토를 졸졸 따라다녔다. 멍멍이 목줄을 단 듯이 질질 끌려간 곳은 선장실이었다.

선장실에서 앞으로의 계획에 대해 조율하고 있었던 마리오와 모케는 르나이아가를 보자마자 실소를 터트렸다. 그들은 방금까지 진지했던 게 무색할 정도로 웃어재꼈다.

마리오는 애써 웃음을 참으며 르나이아가에게 멀미약을 건네줬다. 약을 먹은 뒤에야 르나이아가도 정신이 한결 나아졌다. 아직 멀미 기운이 남아 있었지만 아까보다는 분명 괜찮았다.

"후우…… 고, 고맙다."

"별말을. 우리도 당신 덕분에 실컷 웃었다고."

마리오는 다시 표정을 가다듬으며 세 사람에게 계획에 대해 설명해 줬다. 어차피 전면전을 치를 각오였으니, 그저 어떻게 하면 더 효율적으로 전투를 벌일지에 대한 논의였다.

마른오징어처럼 의자에 걸터앉아 있었던 르나이아가는 회의 모습이 새삼 놀라웠다. 상단의 대표들이 대화하는 거라고 보기엔 상당히 세밀했다. 마치 산전수전 다 겪은 참모나 장군이 모의전술을 논하는 것 같았다.

'물론 겨토는 상대적으로 수준이 딸렸지만.'

르나이아가가 신기해하며 멀미약을 두 개가량 더 먹었을 시점.

배의 흔들림이 멎어가면서 하늘이 개기 시작했다. 시꺼먼 구름이 가시고 환한 햇빛이 내비치고 있었다.

바다가 잠잠해지자 르나이아가도 제법 여유가 생겼다.

잔뜩 신이 난 그가 겨토의 멱살을 잡고 겁박하려는데, 마리오가 선장실을 박차고 나갔다.

갑판에 모여 있던 단원들을 비롯해 모두가 정면에 보이는 물체들을 바라보고 있었다.

마리오가 이끄는 그랑디아 상단이 공수해 온 7척의 두 배쯤 되는 전투선들이 일렬로 정렬해 있었다.

마리오가 휘오, 휘파람을 불어재꼈다.

"상당하구먼. 이 정도면 우리의 예상이 맞는 거겠지? 모케."

"예. 치열한 해상전을 펼쳐서라도 저지하겠다는 의지가 엿보입니다. 역시 황자님은 해적섬에 인질로 잡혀계신다거나 그런 걸까요?"

마리오는 고개를 절레절레 흔들었다.

"아니. 여러 가지 변수를 고려해봤지만…… 결론은 황자님은 돌아가셨을 가능성이 크다."

"그럴 수가……."

"잘 생각해 봐. 포뚱땡이가 해적들과 손을 잡아서 황자님을 인질로 잡고 있다면, 우리에게 협박할지도 모르는 일이잖아?"

"그렇지만 그건 제국을 적으로 돌리는 미련한 짓이 아닙니까? 그래서 일부러 인질 여부를 밝히지 않는 것일 수도 있잖습니까?"

"네 말이 맞아. 나도 그럴 수도 있겠다고 여겼었지. 근데 있지, 내가 포똥땡이의 입장이었다면 다른 방법을 택했을 거야. 어차피 황자를 건드리기로 마음먹었다면, 인질로 잡기보단 흔적도 없이 죽였을 거란 말이지. 괜히 살려놔서 일을 복잡하게 만들 필요가 뭐 있어?"

"어차피 죽였다면 우리를 저렇게까지 막을 필요도 없지 않습니까?"

"혹시나 모를 찌꺼기를 방지하기 위함이겠지. 우리가 해적섬에 갔다가 무슨 상황이 벌어질지 누가 알겠어. 넘어오지도 않겠지만, 행여나 우리가 돈으로 해적들을 매수한다면? 이런저런 변수들을 다 막을 셈이야. 이 랑기레 해역의 중심부에서."

마리오는 슬슬 공격신호를 준비했다.

"이봐, 르나이아가, 당신 전력으로 봐도 되는 거 맞지?"

"그, 글쎄…… 지금 내 상태가 정상이 아니라서……."

"그럼 어디 구석 가서 숨어 있어. 당신이 죽기라도 하면 메를리니 왕태자비와 협상이 안 될 테니까. 뭐 아직까지 소식이 없는 걸 보면 그녀의 안전도 장담할 순 없겠지만."

"그러게 말이야…… 그 여자는 대체 어디서 놀고 있는지 모르겠군…… 후아…… 됐으니까 나도 함께 싸워줄게."

"그래. 슬슬 쳐온다. 조심해."

휘오오— 콰광!

저 멀리서 날아온 포탄이 옆쪽 바다에서 폭발했다. 그것을 신호로 가랑비가 떨어지듯 포탄들이 쏟아졌다.

흔들거리는 함선의 파편이 온 사방으로 흩날렸다. 체페트 상단의 쉴 틈 없는 공격이 이어지는 가운데, 그랑디아 상단도 모케의 지시에 따라 맞포격을 개시했다.

"어차피 적함은 먼저 도착해서 준비를 마친 뒤였다! 숫자도 우리의 배 이상이고! 함포전으론 승산이 없다! 작전대로 바람을 타라! 최고 속력으로 접근해서 백병전에 돌입한다! 전 부대! 산개해라!"

마리오의 지시에 따라 7척의 갤리온선은 각자 방향으로 흩어졌다. 가로돛과 세로돛을 절묘하게 조절하는 등, 매끄러운 움직임을 보였다. 포격 받는 대상이 나뉘자 피해도 줄어들었다.

그때부터 각 함은 유능한 선원들의 능력이 빛을 발하기 시작했다. 바람의 흐름을 파악하고 돛을 재차 맞추면서 빠르게 적함들에 접근할 수 있었다.

그랑디아의 정예들은 모두 해상전의 숙련자였다. 반면 체페트 상단은 왕국 남부를 근거지로 육지무역에 익숙한 이들이 대부분이었다. 결국 두 진영의 최종전은 마리오가 계산한 대로 백병전으로 이어졌다.

그랑디아의 함선들은 7척이 부채꼴 모양으로 모여서 체페트 상단의 함선들과 충돌했다.

쿵—!

체페트 함선들이 충격의 여파로 주춤한 사이, 그랑디아 단원들이 선상으로 넘어갔다. 전투의 시작을 알린 것은 마리오가 타고 있었던 본선 쪽이었다. 모케가 적을 베어 버리고 우렁찬 목소리로 외쳤다.

"목표는 포보크다! 적 본선을 표적으로 파고들어라!"

"건방진 자식! 우리가 그렇게 놔둘 성싶으냐!"

"막아라!"

삽시간에 피 튀기는 선상전투가 벌어졌다. 겨우 적 함선까지 넘어온 르나이아가는 멀미약을 삼키고 상황을 지켜봤다.

전체적인 양상만 보면 양 대 질의 싸움이었다. 체페트 측은 질은 낮았지만 수적 우세가 확연했다.

반면 그랑디아 측은 상대적으로 인원이 적었지만 흔들리

는 선상전투에 익숙해 보였다. 무엇보다 그들은 개개인의 싸움 실력도 수준급이었다.

마리오의 오른손에 작열하는 화염이 실렸다. 마법과는 사뭇 달랐다. 마치 손 자체가 화염으로 변한 형상이었다. 그의 오른손은 형태 그대로 불꽃의 창으로 변화하였다. 뾰꼬챙이가 휘둘러질 때마다 체페트 단원들이 추풍낙엽처럼 고꾸라졌다.

모케도 마리오의 옆에서 점잔 떨던 모습과는 천지 차이였다. 마치 귀신에 홀린 듯 적들을 베어 버리는 중이었다.

"다행히 겨토만은 일반적이군."

르나이아가는 쯔쯔, 혀를 찼다. 겨토는 체페트 단원 한 명과 겨우 호각을 이룰 정도였다. 전투의 전 자도 모르는 초짜 같았다. 그래도 어찌어찌 한 명은 쓰러트리고 다음 상대와 대적하는 기적을 보였다.

"슬슬 나도 동참해볼까."

적의 주전력이 모습을 드러내자, 르나이아가도 난장판에 끼어들 준비를 했다.

체페트 단원들을 쓰러트리고 다른 적들을 찾아 헤매던 그랑디아 단원 셋의 검이 스슥 사라져 버렸다.

"뭐, 뭐야?"

"얼레? 내 무기가 어디로 갔대?"

어리둥절하던 그들에게 바위만 한 화염덩어리가 덮쳐 왔다. 미처 피하지 못한 그들은 온몸에 들러붙은 불길에 고통스러워하다가 바다로 뛰어들었다.

따각따각.

중심돛대의 그림자 부근에서 노란 사슴 황운과 콩이 모습을 드러냈다. 그의 존재를 인지한 그랑디아 단원들이 덤벼들었지만 전혀 적수가 되지 못했다. 별 반항도 못한 채 거대한 회오리에 휩쓸려 날아가 버렸다.

콩의 등장에 르나이아가도 천천히 걸어 나갔다. 멀미약을 먹어서 그런 건지, 이제 선상이 익숙해진 건지, 그것도 아니면 콩에 대한 적개심 덕분이었는지 제법 정상적인 걸음걸이였다.

그때 마리오가 르나이아가를 제지했다.

"이봐. 겉으론 멀쩡한 척하지만, 지금 당신 상태로는 저 꼬마를 이길 수 없어. 이성을 찾도록 해."

"나는 저 꼬마한테 빚이 있어."

"그 빚이라면 내가 대신 받아주지. 이후에 왕태자비한테 말이나 잘해 달라고. 그러니 당신은 좀 더 쉬운 상대를 노리도록 해. 저기."

마리오는 고갯짓으로 어딘가를 가리켰다. 체페트 본선에서 손톱을 깎고 있던 포보크였다.

"저것도 쉽지는 않겠는데?"

"그래도 천재마법사 쪽보다는 쉽지."

"으음."

인정하기 싫지만 사실이라 수긍했다. 르나이아가는 애초에 뛰어난 마법사를 상대하는 건 익숙지도 않았다. 지금처럼 멀미에 시달리는 상황에서는 더더욱.

"알겠어. 빚 청산 제대로 해 줘."

르나이아가가 자리를 물리자, 이내 마리오는 콩 앞으로 나아갔다.

"들었지? 네 상대는 나다."

마리오는 주먹을 매만지며 콩의 이모저모를 살펴봤다.

콩도 마주 쳐다봤다.

"녹색머리카락의 사내…… 당신이 그랑디아의 대장인가 보네요. 지난번 체페트의 건물을 날려 버려서 미안했는데. 이제 정식으로 사과할 수 있겠어요."

"호오. 강단 있어서 좋네. 듣자 하니 신탑 요네룬의 대현자 아르메의 수제자였다지? 재미있는 승부가 되겠어. 나도 얼른 포풍땡이 면상 때려주러 가야 하니까, 그만 시작하자고."

마리오의 양손에 불과 얼음의 기운이 감돌았다. 그에 질세라 콩도 거대한 바위를 소환해 마리오에게로 굴렸다.

쩌저적.

화염의 창과 얼음의 창으로 변한 마리오의 양팔이 바위를 X자로 베어 버렸다. 돌 파편을 뚫고 그대로 마리오의 공격이 이어졌다.

콩은 급한 대로 속성마법을 총망라해 공방을 나누었다. 둘의 싸움이 얼마나 치열하고 격하던지 주변에 있던 이들은 섣불리 끼어들지도 못했다. 점점 치열해지면서 다른 이들은 다른 선상으로 넘어가 싸워야만 했다.

난전의 중심부에서 그래 준 덕분에 르나이아가는 보다 쉽게 본선을 향해 파고들 수 있었다. 겨토와 몇몇 단원들도 잇따라 르나이아가의 후미를 지원했다.

"나 혼자서도 충분한데."

"멀미에 고생하는 사절을 혼자 내버려 둘 순 없지."

"너희 상단주나 챙기는 게 낫지 않겠냐."

"저 꼴을 보고도 그런 말씀이 나오시나."

겨토는 마리오와 콩이 자아내는 난장판을 가리켰다. 둘의 격전으로 이미 체페트의 함선 하나가 너덜너덜해졌다.

그 난장판 속에서 노란 사슴이 눈치를 살피며 다른 함선으로 넘어갔다. 그 모습을 포착한 르나이아가가 냅다 쫓아갔다.

졸지에 겨토는 부하들과 함께 적들의 포위를 받게 됐다.

"후우. 이러면 괜히 따라온 게 되잖아. 르나이아가의 실력을 믿어보려 했건만. 에휴. 어쩔 수 없나……."

겨토는 이를 악물고 검을 다잡았다. 사방팔방에서 쳐오는 적들의 행보에 맞춰 겨토와 부하들도 맞대응에 나섰다.

차가운 칼날에 찔리고 베이고, 주먹다짐을 나누며 과격한 난전이 벌어졌다. 겨토가 위기에 처한 순간, 부하가 몸을 불살라 막아줬다. 겨토는 양미간을 찌푸리며 부하를 죽인 적의 목숨을 재차 뺐었다.

겨토의 부족한 실력을 부하들이 받쳐 주는 식으로 버티기는 했지만, 그것도 서서히 한계였다. 겨토는 부하들의 희생으로 겨우겨우 그 자리를 벗어날 수 있었다.

"하아하아…… 망할……."

각지가 치열한 전투의 장이었다. 겨토는 조심스레 주변을 살피며 이동했다. 어떻게든 가장 안전한 장소에서 전열을 가다듬을 요량이었다.

그러나 그런 그의 안일한 생각에 단죄를 내리듯 불행이

찾아왔다. 겨토가 막 지나려던 지상창고에서 기괴한 동물 울음소리가 들려왔다.

호기심에 뭔가 하고 들여다본 순간.

창고의 지붕을 뚫고 뭔가가 창공으로 뛰어올랐다.

"무, 무슨……?"

"키에에!"

와이번이 하늘을 아우르듯 거대한 날개를 펄럭였다. 날갯짓이 일으킨 풍압이 어찌나 거세던지 겨토는 눈을 질끔 감고 말았다.

바람에 흩날리던 판자가 겨토의 머리에 부딪혔다. 와이번은 바닥에 쾅당 쓰러진 겨토의 앞으로 천천히 착지했다.

쿵―!

선상이 흔들거렸다.

"어째서 와이번이……?"

"내가 데려왔지."

무너진 창고 더미 옆에서 갑옷을 입은 사내가 나타났다. 그가 다가오자 와이번이 얼굴에 행복을 표하며 좋아했다. 사내가 입고 있던 갑주에는 금으로 만든 용 모양의 인장이 박혀 있었다.

겨토가 후들거리는 다리를 애써 주체했다.

"서, 설마…… 로베룬의 용기사……?"

"바로 맞췄어. 드래곤나이츠 소속이다."

사내는 와이번 안장에 매달아 놓았던 가방에서 종이뭉치를 꺼냈다. 몇 페이지를 훑어보는가 싶더니 휘파람을 불었다. 그는 오른손을 권총 모양처럼 쥐더니 겨토를 가리키며 탕, 거렸다.

"빙고. 월척이로군. 이걸로 당분간 용돈벌이는 하지 않아도 되겠어. 그랑디아 부상단주 나으리."

"젠장. 용의 나라 로베룬은 공식석상이 아니면 잘 나서지 않잖아?"

"잘 나서지 않는 거지, 아예 안 나서는 게 아니라고. 우리도 첩보활동을 하려면 가끔은 용돈벌이로 용병일도 좀 해야 하지 않겠어? 딱히 대외적인 전쟁에는 함부로 끼지 않으니까 문제 될 것도 없어. 그럼, 잔말은 집어치우고 얌전히 목을 내줘야겠어."

"쳇. 나도 근성은 있어서 말이지!"

겨토는 바닥에 널려 있던 판자를 집어던졌다. 용기사의 시야가 나무판자로 뒤덮인 사이, 얼른 줄행랑쳤다.

판자를 베어 버린 용기사의 입가에 미소가 어렸다. 그는 혀로 입맛을 다시며 겨토를 찾아 나섰다. 흡사 사냥감을 찾아 헤매는 짐승처럼.

"어디에 숨었나. 저기에 숨었나."

장난스러운 말투와 달리 눈빛은 매서웠다.

그 와중에 그에게 덤벼들었던 그랑디아 단원들이 있었지만 순식간에 제압당했다. 그들의 죽음을 끝으로 해당 함선에는 와이번, 용기사, 그리고 겨토만이 남게 됐다.

구석 언저리에 숨어 있었던 겨토가 벌벌 떨며 용기사와 대면했다.

"어, 어째서 와이번을 운용하진 않지? 용기사잖아?"

"괜히 화제를 돌려서 시간을 벌어보겠다는 건가. 뭐 상관은 없겠지. 그쪽도 알다시피 우리 로베룬은 격식과 명예를 중시하는 용의 나라다."

용기사는 곁눈질로 와이번을 가리켰다.

"와이번이나 드래곤을 운용하여 전투에 참여하는 건, 일반적으로 '전쟁'이라고 표하는 곳이나, '특별사항'에 해당할 때뿐. 단순히 내 돈벌이로 참전한 이 싸움터에 그 숭고한 규율을 적용할 순 없지."

용기사의 표정이 한결 가벼워졌다. 묵은똥을 시원하게 눈 기분이었다.

겨토도 얼어붙었던 표정이 꽤 편안해졌다. 어차피 뒤로

물러날 곳도 없었다. 돌이켜 보면, 애초에 싸움 실력도 형편없는 자신이 이 강행돌파전에 참전한 것부터 어리석었다.

그래도 나름 부상단주라고 책임의식을 느꼈던 건데, 사실 마리오나 모케는 그가 전투에 참전하는 걸 반대했었다.

"후우. 어차피 죽을 목숨, 하나만 더 물어봐도 되나?"

"좋을 대로. 당신은 그런 대우를 받아도 될 위치다."

"격식과 명예를 중시하는 기사 나리시니, 나를 죽인 뒤에는 굳이 더 날뛸 필요는 없겠지. 내 목을 따 가면 굳이 다른 간부들은 안 노려도 되는 거 아닌가?"

겨토의 눈동자는 불길 같으면서도 진중했다. 그런 그의 의기가 전해진 것일까.

용기사는 잠시 침묵을 지키다가 곧 입을 열었다.

"그 점은 약속하지. 성스러운 황금 용 체하란 님의 이름을 걸고."

정보력을 떠나서, 로베룬이 얼마나 명예와 약속을 중시하는지는 온 세상이 다 아는 사실이었다. 그중에서도 최고 정예라고 꼽히는 왕국의 자랑거리, 드래곤나이츠라면 더더욱 믿을 만했다.

겨토는 천천히 눈을 감고 용기사의 비정한 칼날에 당할

준비를 마쳤다. 눈을 감으니 귀로 들려오는 소리가 더욱 명료해졌다.

용기사의 검이 하늘 높이 치켜 올려졌다.

겨토는 머릿속으로 여러 기억이 지나쳐갔다. 이게 주마등인가 싶었다. 끝으로 마리오, 모케의 얼굴이 스쳐 가고, 르나이아가의 토하던 모습이 떠올랐다.

괜스레 르나이아가가 나타나서 살려주지 않을까, 하는 막연한 기대도 들었다.

용기사의 검의 궤적이 흘러가는 소리가 느껴졌다. 스르르 내려오다가 뚝, 멈췄다.

"······."

용기사는 내려치려던 검을 거두고 옆 함선 쪽을 주시했다. 확인 차 용기사가 자리를 뜨려고 하자, 겨토도 질금 감았던 눈을 껌벅거리며 구석에서 나왔다.

용기사가 말했다.

"잠시 생명이 연장된 것 같군, 부상단주 나리."

"무슨 말이지······?"

"저길 보라고."

용기사가 가리킨 곳에 작은 소형선이 둥둥 떠 있었다. 소형선의 갑판 위에 낯이 익은 얼굴이 보였다. 어디서 봤나,

되새겨보던 겨토의 입에서 탄식이 흘러나왔다.

"상운 씨!"

아르펜 3황자의 호위무사 상운은 겨토의 목소리에 반응했다. 전장 한복판에서 손을 흔들어 보이는 여유까지 보였다.

그때 옆 함선에서 대포가 조준점을 맞췄다. 대포의 목표물은 상운이 타고 있던 소형선이었다. 대포를 맡고 있던 체페트 단원들이 실실거리며 소리쳤다.

"방금은 운 좋게 빗겨갔지만 이번에는 어림없을걸!"

"죽어라!"

대포가 불을 뿜었다.

날아오는 포탄과 상운의 눈동자가 동선을 이뤘다. 정갈한 자세 끝으로 칼날이 공기를 갈랐다.

쩌저적―!

검이 그리는 궤적을 따라 포탄이 4방향으로 잘려나갔다. 상운과 소형선을 두고 4방향으로 흩뿌려진 포탄의 조각들이 폭발을 일으켰다.

"포탄을 잘랐어?"

"그것도 이 거리에서……? 괴, 괴물이다!"

체페트 단원들은 대포를 버려 두고 나 살려라, 도망쳤다.

그 장면을 지켜보고 있었던 용기사가 옆에 서 있던 겨토에게 물었다.

"당신, 방금 저 사내의 이름을 불렀던 것 같은데. 맞나?"

"아…… 그, 그랬지."

"저자도 그랑디아 상단인가?"

"그렇다고 해야 하나, 아니라고 해야 하나…… 정확히는 그랑디아 상단은 아니지. 다이헤르 제국 3황자 아르펜 님의 호위무사랄까."

"호오. 황자의 호위무사라…… 내 명예를 차리는 대가는 저자로 하도록 하지. 당신은 그만 볼일 보러 가도 돼."

겨토의 대답여부와 상관없이 용기사는 반대편 함선으로 넘어갔다.

그 즈음, 상운도 노를 젓던 이들과 함께 함선에 올랐다. 그는 부하들을 먼저 보내고 용기사와 마주했다. 용기사가 풍기는 살기가 만만치 않았다.

용기사가 어깨를 으쓱거리며 말했다.

"로베룬 드래곤나이츠 소속 기사, 제이스 아렌그담이라고 하오. 결례가 아니라면 성함을 여쭙고 싶소만."

"성은 상, 이름은 운. 한 대륙 출신의 무사입니다. 아르펜 3황자님을 모시고 있습니다."

"예의를 아는 분이 실력 또한 대단하니 놀랍소. 내 평생 포탄을 베어 버리는 진기한 광경을 보게 될 줄은 꿈에도 몰랐소. 나도 한번 해 보고 싶었는데, 좀처럼 실패했을 때의 후폭풍이 염려돼 못 했으니까."

제이스는 검을 든 손을 풀어 주고 자세를 낮췄다. 한순간에 파고들기 위한 준비 자세였다.

상운도 마찬가지로 자세를 낮추고 검을 다잡았다. 이윽고 다른 함선에서 폭발이 일면서 선상이 흔들렸다. 그걸 신호로 둘의 발이 바닥을 차고 올랐다.

한순간이었다.

눈 깜짝할 사이에 교차한 둘은 서로 상대가 있던 자리까지 다다랐다.

상운의 뺨을 타고 핏물이 흘러내렸다.

철퍼덕.

제이스가 무릎을 꿇고 주저앉았다. 그의 갑옷이 쩌저적, 소리를 내며 산산조각이 났다. 갑옷이 떨어져 나간 가슴팍에 검의 흔적이 선명했다.

"대, 대단하……."

제이스는 그대로 바닥에 쓰러졌다.

상운은 검을 거두고 짐짓 곁눈질로 제이스의 모습을 돌

아봤다.

"염려했던 그 시점에서 승부는 난 것이었습니다. 용의 기사여."

상운이 떠나고 얼마 지나지 않아, 와이번이 죽음을 맞이한 주인을 물고선 어딘가로 날아갔다.

그 무렵, 중심지의 격전도 점점 과열되고 있었다.

그랑디아가 이끌고 온 7척의 갤리온선은 2척만 남겨 놓고 형체를 알아볼 수 없었다. 체페트 상단의 15척 중, 2척은 마리오와 콩의 싸움으로 침몰했고, 또 다른 1척도 둘의 공방으로 사용할 수 없었다.

포보크가 타고 있는 본선과, 본선의 좌우를 수비하고 있던 함선이 둘, 그리고 정면에서 본선을 지키고 있는 둘을 합쳐 5척이 전부였다. 그 외 4척은 침몰했고 3척은 그랑디아의 병력이 탈취한 상황이었다.

그랑디아가 점거한 함선에 도착한 상운은 단원들을 통해 돌아가는 전황에 대해 파악했다. 어찌할지 고민하다가 마리오와 콩이 싸우고 있던 장소로 향했다.

둘의 싸움은 상운이 보기에도 엄청나게 격렬했다. 그래도 마냥 구경만 할 순 없는 노릇이었다. 상운은 조용한 걸음으로 둘에게 접근했다. 은폐엄폐가 가능한 구조물을 이용한 끝에 콩의 뒤편까지 다다랐다.

등 뒤로 강한 살기를 느낀 콩이 손을 내밀었다. 그의 시선은 정확히 상운의 검 부위를 바라봤다. 그가 뭐라고 속삭임과 동시에 마리오가 다급히 외쳤다.

"상운! 정면으로 손바닥을 내미시오!"

무슨 말인가 싶었지만, 상운은 의문을 갖기 이전에 손부터 내밀었다. 일순간 그의 손바닥에 뭔가가 닿는 느낌이 전해졌다.

상운은 어리둥절해선 손을 쥐었다 폈다 했다. 그때 콩이 일으킨 얼음덩어리가 공격해 왔다.

쩌저적—!

상운의 검이 일자를 그리며 얼음덩어리를 두 동강 내버렸다.

콩이 입을 비죽였다.

"쳇. 저는 불리한 싸움을 즐기진 않아요. 이만 하죠."

콩은 뒤로 몇 발자국 물러나는가 싶더니 함선 바깥으로 뛰어내렸다. 어디선가 나타난 황운이 콩을 받아주었다. 잇따라 콩이 바람의 기운을 황운의 발에 실어주자, 놀랍게도 사슴이 바다 위를 달리는 진풍경이 벌어졌다. 그 광경을 지켜보며 마리오가 휘파람을 불었다.

"하여간 대단하구만. 그건 그렇고. 상운, 당신이 어떻게 이곳까지 온 거요? 아르펜 황자님은 무사하시오?"

"그건 차차 말씀드리겠습니다. 지금 중요한 건, 이 전장을 어떻게든 마무리 지어야 한다는 겁니다."

말은 그렇게 했지만, 여러 정황상 아르펜 황자는 무사하다는 게 됐다.

마리오의 마음에 어느 정도 여유가 생겼다. 그는 이대로 포보크 뚱땡이의 멱살을 잡고 결판을 지을 심산이었다. 그러나 그는 미처 깨닫지 못했다. 분에 넘치는 행운 뒤에 피치 못할 불행이 뒤따른다는 것을.

포보크가 있는 본선으로 향하던 상운과 마리오는 중간에 르나이아가, 겨토와 합류했다. 다른 잔존 병력도 가세해 제법 구색이 갖춰졌다. 이제 남은 건 모케뿐이었다. 상운의 정보대로라면 탈취한 3척에는 모케가 없음이 확인됐다.

모케는 수하들을 이끌고 포보크가 있는 본선을 치고 있을 것이었다. 슬슬 본선에 가까워지면서 치열한 선상전투의 현장이 보이기 시작했다. 예상대로 모케 부대는 정면 2척의 수비를 거의 돌파한 직후였다.

"모케! 우리가 왔다! 이제 어…… 라……?"

힘차게 내달리던 마리오의 발걸음이 뚝 멈췄다. 다른 이들도 천천히 멈춰 섰다.

　푸슉—

　모케의 가슴팍을 차가운 창날이 관통했다. 잇따라 모케 주변에 있던 단원들도 백색 갑주의 기사들에게 숨을 거뒀다. 모케의 몸을 관통했던 창을 빼내는 자 또한 백색의 갑옷을 입은 자였다.

　모케의 눈꺼풀이 스르르 감겼다.

　심장 바로 옆을 당하고 급사하지 않은 것만도 기적이었다. 모케는 상대의 손목을 잡고 바닥에 무릎을 꿇었다. 연신 피를 토해 내는 입에선 말조차 나오지 않았다.

　흰색 갑옷을 입은 상대는 측은한 눈길로 모케를 내려다봤다. 그가 홱 돌아서는 순간, 모케의 손아귀 힘도 축 늘어졌다.

　모케는 힘없이 뒤쪽으로 고개를 돌렸다. 그의 눈물 맺은 눈동자와 마리오의 눈동자가 동선을 이뤘다. 모케는 희미하게 웃음을 머금으며 바닥에 쓰러졌다.

　"모…… 모케!"

　격분한 마리오가 성난 들소 마냥 달려들었다. 그때 상운과 겨토가 마리오를 말렸다. 백색 갑옷을 입은 이들이 본선으로 갈아타자, 본선에서 대포들이 일렬로 줄을 맞췄다. 준비가 끝나면 바로 발포할 기세였다.

"젠장! 놔! 놓으라고! 모케가 저기에 있단 말이다!"

마리오의 힘이 어찌나 세던지 상운과 겨토만으로는 말리기가 쉽지 않았다. 그때 르나이아가의 주먹이 마리오의 복부를 가격했다. 거친 숨을 토해 낸 마리오는 원망스러운 눈길로 르나이아가를 쳐다보며 정신을 잃었다.

르나이아가는 마리오를 등에 업고서 서두르자고 재촉했다. 겨우겨우 3척의 함선에 옮겨 탄 일행은 전열을 가다듬고 맞사격을 준비했다. 그때 체페트 상단의 본선과 좌우측 두 함선이 돛을 돌려 후퇴하기 시작했다.

퇴각을 지시한 건 포보크가 아니었다.

체페트 본선의 갑판 위에선 포보크가 왜 후퇴하냐며 발을 동동 구르고 있었다. 포보크가 연신 선장을 윽박지르자, 흰색 갑옷을 입은 사내가 다가왔다.

대뜸 그는 창을 내질러 포보크의 윗머리를 잘라냈다. 후두둑, 떨어지는 머리카락과 함께 포보크의 온몸이 흠칫했다. 포보크는 아연질색하며 뒤로 주춤했다.

"무, 무슨 짓입니까? 그랜달 경……?"

"체페트 상단주, 당신이 졌소. 패배를 깨끗이 인정하시오."

"지, 지다니! 우리가 우세하지 않았습니까?"

그랜달은 고개를 절레절레 흔들었다.

"제가 왕비님의 심부름 차 포르테 공작님을 찾아뵙지 않았더라면, 포르테 공작님께서 당신을 도우라고 명하지 않으셨다면, 숨을 거둔 것은 아까 그 사내가 아닌 당신이 됐을 것이오. 당신이 고용했던 마법사도 도망쳤고, 로베룬의 용기사도 죽었소. 그 외에 당신이 준비한 수가 있었소?"

"그, 그건…… 그래도 결과적으로 우리가 이기는 상황이 아니었습니까? 당신이 도와줬다면 마리오 놈의 목숨을 거둘 수 있었습니다!"

그랜달은 한심하다는 눈초리로 포보크를 쳐다봤다.

"그럼 두 가지만 묻겠소. 만약 당신이 죽을 위기에 처했을 때 당신을 위해 몸을 불사를 단원이 있소? 아니면 당신의 안위와 상관없이 자신이 죽음을 맞이할 때 당신을 떠올리는 사람이 있소?"

포보크는 주변에 서 있던 단원들을 휙휙 돌아봤다. 단원들은 행여 자신에게 물어볼까 조마한 눈치였다.

포보크가 시원하게 웃어재꼈다.

"당연히 있다마다. 이 배에 타고 있는 부하들만 해도 다 그런 이들입지요. 언제든지 나를 대신해 죽을 준비가 돼 있고, 죽을 때면 나를 떠올리며 명예롭게 죽을 부하들 말입니다. 크크큭, 당연한 말을 하려니 괜히 쑥스럽습니다."

그랜달은 피식 웃으며 고개를 끄덕였다. 그는 부하들을 데리고 함선 후미로 이동했다.

저 너머 그랑디아가 훔친 3척의 배가 점점 멀어져 가는 중이었다. 그랜달이 손짓하자 부하가 망원경을 가져왔다. 망원경으로 그랑디아의 몰골을 확인해본 뒤 입을 열었다.

"너희도 이 싸움이 체페트의 승리라 보는가?"

선뜻 대답하지 못하자 그랜달이 스스로 답했다.

"이 싸움은 포보크 상단주의 명백한 패배였다. 애초에 신탑 요네룬의 마법사라든가, 로베룬의 용기사를 초빙한 순간부터 이미 패배였겠지. 자신이 모시는 자를 위해 눈물을 흘리는 건, 명예로운 기사나 가능한 줄 알았는데…… 의외의 수확이로군. 다들 이번에 얻은 교훈을 잘 숙지해놓도록."

"예!"

"그리고 포보크 상단주가 이렇듯 무리한 전투를 한 연유를 파악해라. 그가 우리가 모르는 뭔가를 숨기고 있음이 분명하다."

"예!"

부하들은 절도 있는 동작으로 산개했다. 그랜달은 다시 망원경으로 그랑디아의 꽁무니를 관망했다.

*　　　*　　　*

새벽녘의 밤하늘을 수놓은 별들의 무한한 자태.

그렇게 생각했다. 공허한 마음의 마리오는 밤하늘을 바라보며 그 정도밖에는 떠올리지 못했다. 감상이란 건 그렇게 대단하다고 여기지 않는 마리오였다.

하지만 오늘만큼은 그런 감상에 빠지고 싶었다. 그래야만 마음속 상처가 조금은 아물 것 같았다.

마리오는 오른손에 쥐고 있던 술병을 입으로 가져갔다. 병나발을 벌컥벌컥 들이키자 슬슬 취기가 북돋기 시작했다.

그때 르나이아가가 다가왔다. 그는 마리오의 옆에 나란히 서서 하늘을 바라봤다.

마리오는 곁눈질로 르나이아가를 훑었다. 그러곤 감정시린 말투로 중얼거렸다.

"제정신이라면 지금 내 앞에 나타나지 않는 게 좋을 텐데."

"맞아. 멀미 때문에 제정신은 아니야. 그리고 상황에 따른 거지만, 미안하게 됐다."

"하. 정말 당신다운 사과로군."

르나이아가도 손에 들고 온 술병을 한 모금 들이켰다. 그리고 주머니에 챙겨왔던 파이프 담배를 내밀었다. 불까지 지펴주니, 거절하기가 좀 그랬다. 마리오는 파이프담배를 입에 물었다.

"후우. 르나이아가, 당신한테 딱히 악감정은 없어. 상황이…… 그래 상황이 그랬던 거니까. 상황이…… 젠장……."

르나이아가는 마리오의 등을 쓰다듬어주며 위로해 줬다. 상황이 어땠든 간에 그는 마리오의 분노를 방치하게 만든 죄인이었다.

불현듯 메를리니를 지키기 위해, 은빛 이빨 동료들의 안위를 위해, 자신의 목숨을 내던졌던 카르디스의 모습이 떠올랐다. 모케가 숨을 거두던 모습은 카르디스의 것과 비슷한 느낌이었다.

"잠이라도 자둬."

"잠깐, 르나이아가. 메를리니 왕태자비는 정말 오는 거겠지……?"

"새삼 또 그 물음인가. 약속은 지키는 여자니까 오긴 오겠지만, 나도 언제 올지는 모르겠다."

"당신의 믿음을 나 또한 믿어보도록 하지."

마리오는 맥없이 미소를 지었다. 그의 미소 위로 은은한 빛의 선이 아른거렸다. 슬슬 아침 해가 떠오르기 시작했다.

르나이아가는 선실로 돌아갔고, 혼자 남은 마리오는 햇빛을 뚫어지게 바라봤다.

동그란 해의 중심부에 희미하지만 어떤 물체가 걸리는 게 보였다. 배가 그쪽으로 다가갈수록 점점 윤곽이 뚜렷해져 갔다.

그것은 배였다.

얼핏 봐선 새 모양의 뱃머리장식이 눈에 익었다. 이윽고 그 배가 뱃머리를 돌려 옆쪽을 훤하게 드러냈다. 그 배 갑판 위에 모여 있던 사람들 중 몇몇이 낯이 익었다.

"……."

보랏빛 머리카락의 사내는 결코 잊을 수 없는 얼굴이었다. 그리고 그와 나란히 서 있던 붉은 머릿결의 여인도 누군지 알 것 같았다.

제7장

성기사 아르게스

『죽음을 두려워하지 않고,
명예를 그 무엇보다 중시하는,
위대한 성기사 아르게스를 찬양하며.

-소설 기사왕 라펜 中-』

그랑디아와 체페트가 치열한 해상전을 펼쳤던 난전이 있기 며칠 전.

메를리니는 무법의 요새 사건을 뒤로하고 랑기레 해역에서 선단과 합류했다.

랑기레 해역은 아르카 해역과 달리 비교적 평화로운 바다였다. 이대로 순조롭게 아무런 일 없이 에티로카에 도착하리라 예상됐다. 그러나 어딜 가나 변수는 존재하기 마련.

선장이 머리를 조아리고 보고를 올렸다.

"왕태자비 마마, 어떤 배들이 해적선들의 습격을 받고 있습니다. 어찌할까요?"

"망원경 좀 주세요."

"예. 여기 있습니다."

메를리니는 망원경으로 저 멀리에 보이는 배들을 바라봤다.

"금색으로 자수가 놓인 독수리 문양……."

망원경을 타고 상황의 변화가 시시각각 전해져왔다. 이내 망원경을 거두고 급히 지시를 내렸다.

선장의 지휘에 따라 일곱 척의 함선들은 빠른 속도로 해적선 대열을 향해 진격했다. 네 척의 함선이 테두리에 있던 해적선들을 덮쳤고, 메를리니가 타고 있던 본함과 나머지 두 척은 중앙으로 치고 들어갔다.

쿠궁—!

한 차례 충돌로 함선들이 뒤흔들렸다.

함선끼리 부딪쳐서 교착 상태가 벌어지자 메를리니가 건너편으로 넘어갔다. 이르에와 유지니, 그리고 호위부대도 함께였다. 몇몇 해적들이 덤벼들었지만 이르에와 유지니가 가볍게 쓰러트렸다.

"이르에, 호위병들을 대동하고 주변 정리를 부탁해."

이르에는 부하들을 데리고 갑판 위 해적들을 쓰러트려나

갔다.

메를리니의 호위는 유지니와 몇몇 호위병으로 충분했다. 해적들의 실력은 그다지 뛰어나진 않았다. 그렇다고 마냥 항복하거나 쓰러지지도 않았다. 그들에게선 알 수 없는 절박한 의지가 풍겼다.

푸슉—

유지니의 단검이 해적의 복부를 찔렀다. 해적은 복부를 어루만지면서도 검을 휘둘렀다. 예상치 못한 공격에 유지니는 가까스로 피해 냈다. 반사적으로 피하지 않았다면 유지니도 큰 상처를 입을 뻔했다.

"마마, 이자들은……."

"그래. 나도 알 것 같아."

마치 죽은 자들을 상대하는 기분이었다.

해적들은 완전히 숨통이 끊어지기 전까진 필사적으로 덤벼들었다.

왕태자비의 호위부대였던 만큼 호위병들도 만만찮았는데, 해적들의 사력 앞에 사상자가 나오기 시작했다.

그래도 실력의 차이는 분명했다.

유지니를 필두로 메를리니 일행은 천천히 함선의 중심으로 나아갔다. 중심부에선 해적들과, 에워싸인 어떤 무리간의 팽팽한 신경전이 한창이었다. 주변은 사람들의 시체로 가득했다.

메를리니는 지휘봉을 꺼내 포위당한 이들을 돕도록 명했다. 호위부대가 증원을 시작하자 해적들은 순식간에 제압됐다. 기존에 포위돼 있었던 이들도 보통 실력이 아니었다. 그들은 숨이 붙어 있는 해적들을 포박해 무릎 꿇렸다.

무리의 중심에 있었던 보랏빛 머리의 사내가 메를리니에게 감사를 표했다.

"누구신지 몰라도 고맙습니다. 저, 아르펜 폰 이틀로이하의 이름을 걸고, 사례는 톡톡히 하겠습니다."

메를리니의 어안이 벙벙해졌다.

이건 예상외의 변수였다.

아니, 정확히는 뜻밖의 수확이 맞았다. 그녀는 어깨를 가볍게 으쓱했다.

"다이헤르 제국의 3황자님을 만나 뵙게 돼 영광입니다. 제 이름은 메를리니 폰 루티아. 루티아르 왕국의 왕태자비입니다."

아르펜의 동공이 눈에 띄게 커졌다.

그는 흘끗 메를리니의 이모저모를 훑어봤다. 보기 드문 붉은 머릿결에 아름다운 외향을 지닌 여인. 풍기는 분위기도

남달라서 그녀가 왕태자비임이 확신됐다. 두 사람은 정중히
악수를 나누며 다시 인사를 주고받았다.

*　　　*　　　*

이르에가 남은 잔당들을 모두 쓰러트리고 합류한 시점에
사실상 해적들은 모두 제압이 끝났다.

메를리니의 귀띔에 따라 대부분 죽이는 대신 생포했고, 개
중에서도 우두머리로 보이는 이들은 따로 모아 놓았다.

아르펜은 포박돼 있던 해적 간부들에게 다가갔다.

그들은 여전히 눈빛에 의지가 가득했다. 당장에라도 덤벼
들 것처럼 살벌한 눈초리였다.

아르펜이 말했다.

"나는 어릴 때부터 배를 타고 다녀서, 항로의 방향이나 그
런 건 어느 정도 아는 편이지. 그래서 그런가? 아무리 생각
해도 운이 안 좋아서 해적을 만났다고는 생각되지 않아. 전
투 시에도, 그리고 지금도 마치 목숨을 걸 듯 행동하고 있
고. 누군가의 사주를 받은 것인가?"

해적들은 묵묵부답이었다.

아르펜의 호위병사들이 윽박질러도 입을 열지 않았다. 죽

음을 각오한 전형적인 모습이었다.

고작 노략질을 하는데, 그것도 일국의 황자나 왕태자비를 상대하면서 이러는 건 정상이 아니었다.

단순히 해적질을 목표로 한 이들이 이러는 거라면 정말 이해가 되지 않았다. 이미 유리 그림자 산맥에서 인질이 됐었던 메를리니로서는. 나아가 그녀를 붙잡았었던 이르에의 시선에도.

이르에가 몇 마디 간언하자, 메를리니는 턱을 괴고 얼마간 생각에 잠겼다. 마치 노린 듯한 습격과, 금품에 관심 없는 태도, 목숨까지 스스럼없이 거는 의지. 그 세 가지가 의문을 남겼다.

아직 밝혀지지 않은 뭔가가 있었다.

묵묵부답을 일관할 뿐, 태도 자체는 의연한 해적들의 모습은 어떤 반격의 기회를 노리는 게 아닐까. 그게 뭔지는 몰라도 위협적인 건 분명했다.

"모두 지금부터 조용히 하세요! 황자님도 모두 다!"

메를리니의 외침을 기점으로 주변 모두가 침묵했다. 이윽고 메를리니가 눈짓하자 유지니가 부름을 받아 다가왔다.

"유지니."

"네. 마마."

메를리니는 유지니의 귓가에 대고 작게 속삭였다.

유지니는 바로 행동에 임했다. 일단 가장 유력한 가능성은 이들 모두가 있는 해적선의 내부였다. 안쪽에 뭔가가 있는지 확인해보는 게 우선이었다.

차분히 배 바닥에 귀를 대고 눈을 감자, 배의 흔들림에서부터 이런저런 소리가 들려왔다.

그녀의 행동에서 낌새를 알아챈 해적들이 일부러 소란스럽게 만들었다. 그러나 그들이 방해하기도 전에 유지니가 다음 행동을 개시했다. 순식간에 인파를 지나 배의 안쪽까지 접어들었다.

바람을 가르듯 빠른 속도였다. 지형지물을 적절하게 이용하는 그녀의 움직임은 가히 신기에 가까웠다.

안쪽은 일직선의 평지가 아니었지만 그녀에게는 장애가 되지 않았다. 나무계단을 따라 지하까지 들어가자, 희미하게 들렸던 소리가 더욱 선명해졌다.

유지니는 허리춤에서 단검을 꺼내 들었다. 점점 가까워지는 소리를 따라 발에 박차를 가했다.

길목의 끄트머리에서 작은 불꽃이 보이기 시작했다. 누군가 성냥개비로 불을 폭탄에 옮기고 있었다. 심지 끄트머리에 붙은 불꽃이 스스스 폭탄을 향해 가는 중이었다.

멀리서 봐도 엄청난 양의 폭탄이었다. 폭발한다면 한순간에 배를 침몰시킬 만큼 막대한 양이었다.

'절대로 터지게 해선 안 돼.'

유지니는 나무 벽까지 이용해 장애물을 지나쳤다. 그녀는 빠르면서도 은밀한 소리를 자아냈다. 그녀가 다가왔음을 뒤늦게 인지한 해적이 검을 빼 들어 덤벼들었다.

그러나 해적의 판단보다 유지니의 대응이 빨랐다.

유지니는 가볍게 몸을 날려서 벽을 딛고 해적을 넘어갔다. 해적이 얼른 자세를 고쳐 잡았을 땐 이미 늦은 뒤였다.

유지니가 폭탄으로 향하는 심지를 끊어 버렸다. 갈 길을 잃은 불꽃은 바닥에서 스르르 꺼져 버렸다.

"……."

해적의 표정이 얼어붙었다. 그는 눈초리를 파르르 떨며 분노를 표했다.

"제기랄! 이 망할!"

해적이 거칠게 달려든 순간.

그의 턱에 유지니의 발길질이 꽂혔다.

쩌적.

거구의 몸이 붕 뜰 만큼 강렬한 발차기였다. 해적은 그대로 정신을 잃고 바닥에 주저앉았다. 그런 그를 질질 끌어서 배 갑판 위까지 나갔다. 바닷바람에 땀으로 흥건한 몸이 식어들었다.

유지니는 기절한 해적을 다른 해적들 앞까지 끌고 데려왔다. 그걸 보자마자 해적들의 의지가 팍 꺾여버렸다. 죽을 각오는 여전했지만 그에 상응할 여력이 없었다.

메를리니는 해적들을 쭉 둘러보고는, 이내 그들의 우두머리로 보이는 사내의 앞에 섰다.

"단도직입적으로 말하죠. 목숨은 살려주겠습니다. 대신 당신들의 본거지를 알려주세요."

"무슨 헛소리냐?"

사내가 버럭 성을 내자 이르에와 부하들이 창을 겨누었다. 그럼에도 그의 노기는 꺼지지 않았다.

메를리니가 고개를 갸웃거리다가 웃었다.

"단순히 시간의 차이가 있을 뿐이에요. 어차피 우리는 당신들의 본거지를 찾아낼 겁니다. 그때 빚어질 결과에 대해서는 굳이 말씀드리지 않아도 아시겠죠."

"……."

"하나 당신들이 길을 안내해 준다면, 당신이 상상하는 참혹한 결과는 없을 겁니다. 루티아르 왕국 왕태자비의 명예를 걸고 약속드립니다."

"흥. 우리는 명예 운운할 정도로 대단한 족속도 아니다. 명예나 지위를 따지는 왕족의 말을 들을 성싶으냐."

사내는 카악— 가래를 뭉쳐서 퉤— 뱉었다.

메를리니의 치마에 묻을 뻔한 걸 이르에의 창이 막았다. 이르에는 당장에 사내의 멱살을 붙잡고 으르렁거렸다. 메를리니가 나서서 겨우 진정시켰다.

"이르에, 너도 예전엔 이랬잖아."

"아니거든. 쳇."

이르에는 연신 씩씩거리며 물러났다.

메를리니는 다시 사내와 마주했다.

"어떻게 하면 믿으실 건가요?"

"흥. 자신들의 안위를 위해 수많은 백성을 사지로 내모는 왕족 따위…… 어어……?"

사내는 말을 맺으려다 말았다. 그를 비롯한 주변에 있던 모두가 깜짝 놀라거나 입을 다물었다.

뚝뚝……

메를리니의 손바닥에서 피가 떨어졌다. 스스로 자신의 오른손을 단도로 찌른 것이다.

"마마!"

"메를리니! 젠장!"

유지니와 이르에가 달려와 메를리니의 손을 살폈다. 다행히 그리 큰 부상은 아니었다. 둘은 서둘러 응급처치를 마치고 붕대로 손을 감싸줬다.

그러나 메를리니는 궁녀들이 선실로 안내하려는 걸 거절했다. 그녀는 자세를 고쳐 잡으며 사내의 앞에 다시 섰다. 오른 손바닥이 몹시 저려왔지만 참았다. 지금의 그녀는 이깟 고통에 주눅이 들었던 예전의 자신이 아니었다.

"됐나요? 저는 제 한 몸 지키려고 지인들을 사지로 몰지는 않습니다. 그리고 스스로 건넨 약속을 지키지 않는 불손한 행동도 하지 않습니다. 다시 한 번 묻겠습니다. 당신들의 보금자리까지 안내해 주시겠습니까?"

임시붕대가 붉게 물들었다. 바닥에 핏물이 뚝뚝 떨어지고 있었다.

사내는 눈을 감았다가 떴다.

"……안내하겠소."

"대장!"

"대장! 동포들을 배신할 생각입니까!"

부하들이 아우성치기 시작하자 사내가 큰 목소리로 외쳤다.

"내가 다 책임지겠다! 나 한 명의 목숨으로 퉁 칠 수는 없

겠지만…… 지금 우리에겐 선택의 여지가 없음을 잘 알지 않
느냐?"

그리고 입술을 질끈 깨물며 돌아섰다. 고개를 푹 숙인 그
에게 메를리니가 다친 손을 내밀었다.

"정식으로 소개하죠. 저는 루티아르 왕국의 왕태자비 메
를리니. 당신의 존함은 어떻게 되시나요?"

존함. 그 한 단어에 섞인 의미가 얼마나 큰지를, 뜻을 관
철하기 위해 자신의 손을 짓이기는 여인의 마음을, 사내는
인지할 수 있었다. 이 왕태자비가 어떤 인물인지 대충 감이
왔다.

"아요로트의 부두목 야기 치팍이라고 하오."

"야기 치팍. 아요로트의 안전을 약속하겠습니다."

메를리니는 시체들을 평안하게 안치해 제를 지내도록 명
하고, 자신 또한 궁녀들의 부축을 받아 자리를 벗어났다.

그때 아르펜이 다가와 말을 걸었다. 그는 메를리니의 행
동과 모습을 모두 지켜본 터였다. 도저히 일국의 왕태자비가
보일 수 없는 면모였다.

그 점에서 호기심이 동하기도 했지만, 다른 뭔가가 더 신
경 쓰였다. 왕태자비가 해적 수괴에게 정중하게 부탁해야 할
정도로, 현 시점에 해적섬을 찾아가는 게 중요한 이유가 그

것이었다.

"메를리니 왕태자비, 대단하십니다. 그런 강단 있는 모습을 보이실 줄은 꿈에도 몰랐군요. 깜짝 놀랐지 뭡니까."

"아. 보고 계셨군요. 부끄러울 따름이네요."

"손은 괜찮으십니까?"

메를리니는 오른손을 들어 보였다. 어느새 새하얗던 붕대가 뻘겋게 변모해 있었다. 그나마 통증은 많이 가신 상태였다.

"괜찮아요. 그보다 용건이 있으셨던 것 아닌가요?"

"예. 해적섬으로 가시려는 이유가 궁금합니다. 이대로라면 저희도 함께 가야 할 상황이니, 그 정도는 여쭈어도 되겠지요?"

그렇게 말하면서도 아르펜의 마음 한편에는 의혹이 드리어졌다. 에티로카를 중심으로 한 상권과 더불어, 어디까지나 두 사람은 거래를 위한 관계였으니까.

메를리니는 머리카락을 슥 쓸어 넘겼다. 붉은 앞머리가 젖혀지면서 새하얀 이마가 도드라졌다.

"흐음. 어쩌면 이 한 방으로 그랑디아 상단이 체페트 상단을 누르고, 루티아르 왕국에서의 입지를 탄탄히 할 수 있을 거예요. 제게 묘안이 있거든요. 내용은 말로 설명하는 것보다, 차차 제가 진행하는 걸 지켜보시면 될 거예요."

마리아가 보낸 서신을 통해 루티아르 왕국의 왕태자비가 뭘 원하는지는 짐작이 가는 중이었다. 그녀가 뭘 하든 딱히 아르펜이 손해 볼 일은 없었다. 아르펜은 더 묻고 싶은 스스로의 호기심을 자제하며 말했다.

"알겠습니다. 당신을 따라가 보죠."

아르펜이 먼저 악수를 청하자, 메를리니도 다치지 않은 왼손을 내밀었다.

비슷한 연배의 두 사람. 훗날 사피에의 새라는 별칭을 갖게 될 사내와, 붉은 여제라고 불리게 될 여인의 첫 만남이었다.

* * *

해적섬은 랑기레 해역 북서부의 외딴 섬이었다. 섬 주변에는 알게 모르게 암초지대가 펼쳐져 있어 해류가 상당히 난잡했다.

분명한 목적이 있지 않고선 굳이 접근하지 않을 지역이었다. 그게 해적섬이 안전하게 유지될 수 있었던 이유 중 하나였다.

야기의 안내에 따라 바닷길을 이행하니 해류에도 휩쓸리지 않고 무난하게 해적섬까지 다다랐다. 덩치가 큰 배가, 그것도 수척이나 해적섬으로 접근해오자, 섬 내에서는 비상이 걸렸다.

해안가가 좁아서 메를리니와 아르펜이 타고 있던 본선 두 척만 해적섬으로 접근했다. 나머지 배들은 언제라도 진입할 수 있도록 거리를 맞췄다.

메를리니와 아르펜이 호위 무리와 함께 내려오자, 해적들이 우르르 몰려들었다. 모두 중무장한 상태였다.

이르에와 상운을 필두로 호위병들이 해적들과 대치했다. 일정 거리를 두고 양측 간의 팽팽한 기류가 감돌았다. 야기가 나서서 중재를 요하려 했으나, 해적들은 어째선지 그를 신용하지 않았다.

"야기 부선장! 당신도 죽음이 두려웠던 것이오?"

"실망이 이만저만이 아니군. 당신을 믿었건만."

비난의 소리가 이어졌지만 야기는 뭐라 변명도 하지 않았다. 그는 축 늘어져서 뒤로 물러났다.

메를리니는 아르펜과 상의 끝에 특별한 결론을 도출해냈다. 두 사람은 각각 지휘관급에게 지시사항을 하달했다.

그 와중에도 해적들은 선뜻 달려들지 못했다. 이윽고 메를리니가 손짓하자 호위부대가 돌격에 나섰다.

야기가 무슨 짓이냐고 따져들자, 메를리니는 고개를 절레절레 흔들었다.

"괜찮아요. 당신과의 약속은 지킵니다."

야기는 얼떨떨한 얼굴로 싸움을 지켜봤다.

가장 선두에 있던 이르에가 창의 뒷부분으로 해적의 복부를 가격했다. 둔탁한 소리와 함께 해적은 힘없이 바닥에 널브러졌다.

"자! 시범은 이 정도면 되겠지? 다들 이렇게 하는 거다!"

이번에 싸우는 해적들은 아르펜의 배를 습격했었던 해적들과는 의지나 실력 면에서 한참 아래였다. 메를리니나 아르펜의 호위부대가 여유를 두고 제압할 수 있는 수준이었다.

호위부대는 지휘관들의 지시를 따르면서 절도 있게 해적들을 제압해나갔다. 상처는 입혔지만 결코 죽이지는 않았다. 선상전도 아닌 지상전이었기에 해적들은 더더욱 상대가 안 됐다. 차례차례 기절하거나 바닥에 나동그라지는 해적들이 늘어났다.

앞길을 막아섰던 해적들을 모두 고꾸라트린 호위부대는 메를리니의 지시 하에 계속해 나아갔다. 뒤이어 참전한 해적들도 동일한 방법에 쓰러지기 일쑤였다.

무엇보다도 선두가 압도적이었다.

이르에와 상운의 실력은 상상을 초월했다. 특히 상운의 검술은 바람을 타듯이 유려했다. 부드러운 검의 춤이 펼쳐지면 잇따라 해적들이 쓰러졌다.

둘의 뒤를 보지 않는 진격은 해적들의 의지를 연신 꺾이게 만들었다. 그렇게 남은 해적들은 뒤따라온 호위부대가 손쉽게 제압했다.

그들의 막힘없는 전진이 멈춰 선 것은 한참이나 지나서였다. 행렬의 측면에서 대도를 든 중년의 사내가 덤벼들었다. 그의 무지막지한 대도가 휘둘러진 자리에 거친 풍압이 일었다.

한 방만 맞아도 즉사할 만큼 강렬한 베기였다. 사기가 충천돼 있었던 호위병들이 추풍낙엽처럼 고꾸라졌다. 고참호위병은 그나마 몇 합을 버텼지만 그게 고작이었다.

"다들 비키시오! 제가 상대하겠습니다!"

상운이 나선 다음에야 턱수염 사내의 거침없는 진격이 멈춰졌다.

콰챙―!

묵직한 쇳소리가 공기에 메아리쳤다. 철과 철이 맞부딪치는 소름 끼치는 소리가 계속됐다. 양측 다 한 치의 물러섬이 없었다.

오히려 시간이 갈수록 공방에 박차를 가했다. 둘의 모습을 지켜보고 있었던 모두가 식은땀을 흘렸다.

아르펜은 상운의 실력을 알고 있었기에 믿어 의심치 않았으나, 그래도 상대의 전력 또한 만만치 않았다. 절도 따위 없는 동작임에도 하나하나가 박력이 넘쳤다. 그의 강인함이 빛을 발하자 다른 해적들도 환호성을 내지르며 원호했다.

잠시 정지됐던 난전이 다시 펼쳐졌다.

기세가 오른 해적들은 방금 전과는 분명히 달랐다. 호위병들도 아까와 달리 수세에 몰리기 시작했다. 보다 못한 이르에가 정면의 해적을 쓰러트리고 상운의 지원에 나섰다. 그녀가 합세하자 막상막하였던 둘의 판도가 급격히 바뀌었다.

이르에의 창이 사내의 뺨을 스쳤다. 찢어진 살갗에서 피가 흘러내렸다.

"제길……."

사내는 뺨을 타고 흐르는 피를 핥아서 닦아냈다. 손으로 닦을 여력 따위 존재치 않았다. 상운과 이르에가 펼치는 협공은 장난이 아니었다. 한 명, 한 명이 자신보다 뛰어날지도 모를 상대들이었는데, 그런 게 둘이었다.

"비겁한 녀석들! 한 놈씩 덤벼라!"

"이 양반은 몰라도 나는 기사출신이 아니라서 말이야! 기사도 따위는 없거든."

이르에는 피식거리며 공격을 계속 퍼부었다.

상운도 별말 없이 진중하게 검격을 날렸다.

사내는 서서히 수세에 몰리는가 싶더니, 결국 대검을 놓고 항복의사를 표했다. 이르에의 창과 상운의 검이 사내의 목 언저리에서 멈췄다.

사내는 무릎을 꿇은 채 미간에 주름을 잡았다. 그가 싸움을 포기하자, 다른 해적들도 무기를 내려놓고 바닥에 주저앉았다.

이윽고 이르에와 상운이 자리를 물리자 메를리니가 사내를 불렀다. 성큼성큼 다가오는 사내의 바로 옆으로 이르에와 호위부대의 무기가 겨누어졌다.

사내는 자신보다 머리 한 개는 작은 메를리니를 내려다봤다. 메를리니의 종이 작게나마 울렸다. 그만큼 정면의 사내는 위협적인 자였다. 앞으로 어떻게 될지 몰라도 지금만큼은 적이 맞았다.

"안녕하세요. 당신이 야기 부두목이 말한 로데오 선장이신가요."

사내는 바로 답하지 않고 메를리니의 풍채를 훑어봤다. 이런 곳에 전혀 어울리지 않는 옷차림에 귀티 나는 말투. 그리고 그녀를 호위하는 이들의 가공할 실력. 더불어 야기와 동료들을 데려왔다는 것까지.

정황상 그녀가 다이헤르 제국의 귀빈이어야 했다. 단지 정보대로라면 그 귀빈은 여자가 아니었거니와 붉은 머리카락도 아니었다. 염색을 했다고 하기에는 너무나 선명한 붉은색이었다.

사내는 톡 쏘듯 말을 내뱉었다.

"그렇소, 내가 로데오요. 그러는 댁은 뉘십니까."

"이곳도 루티아르 왕국의 해역이니, 당신이 살고 있는 나라의 며느님이라고 하면 아시려나요."

나라의 며느님. 거기에 타오를 듯 시뻘건 머리카락의 여인이라면…… 로데오는 이마를 탁 치며 웃어재꼈다.

"하하하! 그럼 당신이 메를리니 폰 루티아 왕태자비요? 이거참 미치겠구만. 야기, 네가 임무에 실패하고서 이곳까지 안내한 이유가 이것이냐?"

야기는 대답하지 않았다.

메를리니가 고갯짓으로 해적섬 마을을 가리켰다.

"손님을 언제까지 세워두실 생각이신가요?"

그녀의 태도에 로데오가 함박웃음을 터트렸다.

그래도 안내를 안 한다든가 하는 불손한 행위는 하지 않았다. 예의를 떠나서라도 당장 이들을 막을 재간이 없었다. 부하들도 모두 제압당했고, 정면으로 싸워도 솔직히 이길 자신이 없었다.

*　　*　　*

로데오의 안내로 메를리니 일행은 본격적으로 해적섬으로 접어들었다. 해적섬의 지형은 계단식으로 구성돼 있었다.

계단처럼 단계별로 구성된 지형에 부분적으로 건축물들이 비치된 구조였다. 뜻밖에 평범한 형태의 집들이 구석구석에 즐비했다.

메를리니 일행이 지나쳐가자 어린아이들이나 아녀자들이 기웃거렸다. 밭농사를 하고 있던 남자들이나 경비를 맡고 있던 이들도 메를리니 일행에게 시선을 집중했다.

처음에는 마냥 신기하게 쳐다보다가도 메를리니 옆을 따르던 야기의 모습을 보고는 표정이 굳었다.

메를리니가 야기에게 속삭였다.

"역시 당신과 동료들이 맡았던 임무는 제 예상대로였나 보군요."

"……"

"너무 낙담하지 마세요. 당신의 임무는 제가 완수하게 해 드릴 테니까요."

"그 무슨……?"

"쉿. 조용히 지켜보시면 된답니다."

메를리니는 눈을 깜빡거리며 여유로운 모습을 보였다. 의연한 그녀의 모습 때문에라도 믿기로 했다. 아니, 그녀를 믿지 않는 것 외에는 선택지가 없었다.

단순히 야기 혼자만의 문제가 아니라, 해적섬의 식구 모두를 위해서라도.

앞장서고 있었던 로데오는 꼭대기에 위치한 자신의 집으로 메를리니와 몇몇 인사들을 데려왔다. 메를리니와 아르펜, 상운, 이르에, 유지니, 그리고 몇몇 고참호위병들이 뒤따랐다.

로데오는 메를리니 다음으로 들어오던 아르펜의 모습을 보고 씨익 웃었다.

아르펜의 보랏빛머리카락을 비롯한 외모는 듣던 그대로였다. 상황이 어떻게 돌아가는지 점점 윤곽이 잡혀갔다. 붉은 왕태자비라고 불리는 여인이 야기를 설득했던 이유와, 직접 아요로트의 본 거지까지 찾아온 이유도 얼추 예상됐다.

"변변찮게 드릴 게 이런 것밖에 없소이다."

로데오는 물 잔을 인원수대로 나눠 줬다.

집 안에는 별다른 가구물이나 식기도 제대로 구비돼 있지 않았다. 침대 위에도 언제 털었는지 모를 이불과 누런 베개뿐.

그나마 중심에 비치해 둔 원탁만은 깨끗한 편이었다. 정확히는 흔하디흔한 꽃병 하나조차 없는 휑한 테이블이었지만.

"여기들 앉으시오."

로데오는 집 안 창고에 쑤셔놨던 의자 세 개를 가져왔다. 두 개는 메를리니와 아르펜이 앉았고, 나머지 한 개는 로데오 자신이 앉았다. 나머지 인원들은 일정 거리를 두고 서 있기로 했다.

메를리니는 물을 한 모금 마시고 눈이 동그래졌다. 바다 한가운데에서 공수한 물인데 짠 맛이 전혀 느껴지지 않았다.

로데오가 말했다.

"놀랄 것 없소. 빗물을 받아서 정수한 거니까. 섬사람은 섬사람 나름대로 삶을 지탱해가는 방식이 있소."

"그렇군요. 빗물을 정수하는 기능이라…… 그 외에도 이 주변 해역의 흐름은 대부분 파악하고 계시겠죠."

"뭐 얼추."

메를리니는 종목걸이를 매만져봤다. 아까까지만 해도 살살 울리던 종이 멈춰 있었다. 그녀는 종이 단순히 위험만 알리고 구별하는 것만은 아니란 생각이 들었다. 지금만 봐도 아직은 로데오라는 사내의 의중이 드러나지 않은 상태였다.

"아요로트 해적단이라고 했던가요."

"그렇소."

메를리니는 검지로 테이블을 톡톡 두드렸다. 열댓 번쯤 건드렸을 즈음 그녀의 표정이 가벼워졌다.

"작은 힘을 원하시나요? 큰 힘을 원하시나요?"

"도통 무슨 소리신지. 이왕 얻는다면 큰 힘을 원하겠지만…… 지금 그걸 묻는 연유가 무엇이오?"

"당신은 다소의 희생이 있더라도 그것이 대를 위한 거라면 충분히 이행하실 분이라 여겨져서 말이죠. 그래서 재차 확인 겸 여쭤본 거예요."

그러면서 빙그레 웃었다.

그녀가 웃자 로데오도 마주 웃었다.

로데오가 보기에 메를리니라는 여인은 평가를 내리는 중이었다. 모르긴 몰라도 이번 계획에 대해 눈치를 챈 게 틀림없었다.

"그만 본론을 말하시오. 나도 그렇게 눈치가 없는 사람이 아니외다."

"당신이 그에게 받았던 의뢰. 우리 쪽으로 돌려주세요."

"왕태자비께서 어지간히 두루뭉술하게 말하는 버릇이 있으시구만."

메를리니는 숨을 얕게 훑었다.

"체페트 상단과 맺은 계약을 파기해 주세요."

"하하하."

허탈한 웃음이 아니었다. 통쾌한 웃음도 아니었다. 그저 웃을 따름이었다. 한참을 웃어재꼈던 로데오의 표정이 싹 끊겼다.

"체페트라니 무슨 말씀이신지. 감히 해적 나부랭이들이 황자님이나 왕태자비님을 습격한 게 죄가 아니었소? 그 천인공노할 죄에 대해 벌을 받을 준비는 돼 있소."

로데오는 방바닥에 무릎을 꿇었다.

"그럼에도 이런 자리를 마련한 것은 내 목 하나로 끝내주길 바라서였소. 야기, 네가 이들을 여기까지 데려온 것도 그런 이유였겠지. 너의 목만으로는 부족하단 걸 깨달은 거야. 너와 내 목만으로 해결된다면 그나마 다행히 아니겠나."

로데오는 메를리니의 등 뒤에 서 있었던 야기를 바라봤다. 이내 야기는 양미간을 찌푸리며 눈을 감았다. 이미 두 사람은 결심이 선 모습이었다.

"두 분께서 고민하는 이유는 잘 알겠어요."

메를리니는 책장으로 다가갔다.

다른 칸들은 다 비어 있었는데 밑에서 두 번째 칸만이 가득 차 있었다. 그중 유독 한 권의 책머리가 눈에 들어왔다.

"미리내가 집필한 라펜이 있군요."

메를리니는 책을 꺼내서 쌓여 있던 먼지를 후, 하고 불어 냈다. 표지에는 기사왕 라펜 3권이라고 적혀 있었다.

"기사왕 라펜 4권의 내용이었던가. 거기에 그런 내용이 있죠. 의리냐, 이득이냐, 미래냐, 그것이 문제로다. 라펜에 나오는 성기사 아르게스의 선택지였죠. 그는 의리를 지켰을 만큼 훌륭한 기사였어요."

책을 도로 꽂아 넣고 로데오를 바라봤다.

"아마 기사를 꿈꾸는 아이들은 아르게스와 같은 기사를 동경하겠죠. 소설에서 아르게스는 명예와 신의를 중시하는 기사였고, 그는 죽어서도 소설에서나 현실에서나 추앙받는 인물로 기록되고 있으니까요."

"무슨 말이 하고 싶은 거요?"

"아르게스는 위대한 기사입니다. 그러나 그가 죽고 남은 게 뭐였을까요? 당신도 기사왕 라펜을 정독했다면 아시겠죠."

"영지의 수탈과 부하들의 역경이 이어졌고……."

"그때 나서서 아르게스의 사람들을 도와준 게 훗날 기사왕이라 불리게 되는 견습기사 라펜이죠. 자, 그럼 여기서 문제. 저는 라펜일까요? 아니면 아르게스를 핍박했던 에가르 대공일까요?"

"……."

"이득까지 생각할 것 없어요. 미래를 생각하세요. 체페트의 상단주 포보크가 줄 수 없는 걸, 저나 여기 계시는 제국의 3황자님은 주실 수 있어요. 반면 포보크는 당신들에게 그 이상의 가치를 줄 수 없답니다. 그 또한 체스말이니까요."

"설사 당신의 말이 다 맞다 할지라도, 어째서 우리에게 이렇게까지 해 주는 거요? 굳이 이렇게 직접 찾아와서, 천박한 해적에게 꼬박꼬박 경어까지 써가면서……."

"저는 에가르 대공이 아르게스를 무시하고 핍박한 게 싫었거든요."

"무슨……?"

"에가르 대공은 천박한 신분에 능력을 인정받아 왕국을 대표하는 기사에까지 오른 아르게스가 싫었죠. 아르게스는 신망받는 사내였고, 늘 자신의 자리를 위협할 거라고 판단했으니까요. 하지만 신분이 낮다고 해서 능력이 업신여겨질 순 없어요. 그 점에선 아르펜 황자님도 동의하시는 바겠죠."

아르펜은 대답 대신 고개를 끄덕였다.

돌이켜 보면 아르펜이 중용한 마리오도 신분이 높지 않았다. 마리오 또한 해적출신이었다. 마리오가 이끄는 그랑디아 상단의 모케나 여러 초창기 인원들은 모두 해적 때의 동료들이었다.

마리오가 이끌었던 해적단은 제국의 큰 골칫거리였을 만큼 세력이 강대했었다. 비록 지금은 아르펜의 도움으로 신분 세탁을 마치고 상단이 됐지만.

메를리니가 운을 더 띄었다.

"생각할 시간은 드리겠어요. 대답할 의향이 생기셨을 때 불러 주시죠. 그때까지 저와 아르펜 황자님은 휴식의 시간을 가지려 합니다."

메를리니가 먼저 나서자, 다른 이들도 따라나섰다. 마지막에 남았던 이르에가 나갈 때까지도 로데오는 바닥에 무릎을 꿇고 있었다.

이르에가 흘리듯 말을 나눴다.

"이 여자가 진짜 무서운 건, 입에서 나오는 술술 내뱉는 말들이 진짜 진심 같아서야. 후, 나도 그 진심에 홀라당 넘어간 바보지만."

제8장

사피에의 새

『자유를 갈망한답시고 현실에서 일탈하려는 왕족들 이야기 많이 들어봤습니까? 저도 마찬가지입니다. 단지 조금은 다르달까? 저는 자유를 갈망하지만은 않습니다. 정말로 그 자유를 이뤄내지.』

수평선 위에 붉은 빛깔이 도드라지듯 맺혔다. 검붉은 하늘은 누구를 그렇게 바라보는지 한없이 내려앉고 있었다. 하늘이 내리는 지상낙원의 백미 중 하나인 노을은 그렇게 저물어갔다.

석양의 주황빛보다도 짙은 붉은색의 머리카락이 바람결에 흩날렸다. 메를리니의 정갈한 머릿결은 잔잔한 바람에 몸을 싣는 중이었다. 살며시 머리카락을 귀 뒤까지 쓸어 넘겼다.

"언덕 위에서 보는 경치가 좋네요."

메를리니의 옆에 서 있었던 아르펜은 대답 대신 고개를 끄덕였다.

두 사람이 서 있는 장소는 해적섬에서 가장 전망이 좋은 곳이었다. 계단식으로 이루어진 해적섬의 꼭대기언덕이었다. 아요로트의 해적들이 주로 주변 경계를 위해 사용하는 곳이었으나, 지금만큼은 두 귀빈의 전망대 역할을 해 줬다.

아르펜이 말했다.

"마리오로부터 전해 받은 서신으로 대강의 이야기는 들었습니다. 당신의 목적은 정말 그의 예상처럼 그것입니까?"

"그것이라뇨?"

"마리오가 말하기를, 시어머니와 며느리의 권력다툼에서부터 이 사건이 발생했다는 이야기였습니다. 당신도 체페트 상단을 지원하는 게 포르테 공작 가문이란 건 알고 있지 않습니까? 그 포르테는 당신의 시어머니이신 데레니아 왕비의 집안이란 것도요."

"그렇군요."

메를리니는 천천히 오른손을 허공으로 휘저었다. 붕대가 감긴 손바닥 사이로 희미하게 남은 석양빛이 감돌았다. 손가락 사이로 투과된 빛이 눈가를 적셨다. 눈을 질금 감았다 떴다.

"아르펜 황자님께서는 야리하의 여인이라는 책을 읽어 보셨나요?"

"야리하의 여인이라면…… 레들렌 공국에 살고 있는 여인의 이야기를 책으로 펴낸 이야기가 아닙니까. 상하로 나뉘어서 상권은 이세계의 이야기, 하권은 레들렌 공국에서 겪었던 이야기였던……."

"이 드넓은 세상에 자신 혼자만 다른 세상 사람이라는 기분은 무슨 기분이었을까요? 책에서 그녀는 자신의 아이를 낳으면서 오만 가지 생각이 들었다고 했죠. 저는 말이죠, 그런 그녀의 마음이 이해가 가요. 언제 시간이 되면 공국에 찾아가 그녀를 만나 보고 싶네요."

"……."

아르펜은 메를리니의 말이 좀처럼 이해되지 않았다.

야리하의 여인이라든가, 그녀를 만나고 싶다든가, 그런 내용이 자신의 질문에 대한 답이란 말인가. 대체 어디 어떤 부분에서 자신의 물음과 끼워 맞춰야 이해가 되는 건가.

아르펜은 나지막이 한숨을 내쉬었다.

"말씀하기 곤란하시다면 굳이 말씀 안 해 주셔도 됩니

다. 제가 괜한 걸 여쭤본 듯싶군요."

"아뇨. 오해가 있으셨나 보네요. 제가 야리하의 여인 이야기를 꺼낸 건, 황자님의 질문에 대한 답으로 어울린다고 판단했기 때문이에요. 아마 그녀는 지금의 저와 비슷한 기분을 느꼈을 것 같거든요. 물론 그렇기 때문에라도 왕비 마마와의 사연을 직접 말씀드릴 수 없는 점 양해 바랍니다. 대신 황자님께 득이 될 만한 정보를 하나 알려드릴게요."

"예? 어떤?"

그쯤 하늘에 새까만 잉크가 묻어나기 시작했다. 붉디붉었던 동그라미 대신 노란 빛깔을 띠는 동그라미가 얼굴을 빼꼼 내밀었다.

밤공기가 은은하게 풍겨갈 즈음, 메를리니가 차분한 목소리로 입을 열었다.

"아르펜 황자님, 만약에 선황 폐하께서 불시에 사고를 당하신다면, 그때부터는 바람을 조심하시길 바라요."

"바람이라면…… 설마……?"

"네. 황자님께서도 아시는 사람입니다. 바람이라고 불리는 그를 뜻하니까요."

"바람의 레인 디너즈는 둘째 형님을 따르는 충직한 신하입니다. 둘째 형님과 나는 적을 둘 하등의 이유가 없습니다. 그런데 폐하께서 돌아가셨을 때 바람을 조심하라니? 그건 마치 둘째 형님과 내가 정적이 된다는 말이 아닙니까? 아무리 일국의 왕태자비일지언정 너무 여과 없이 말씀하시는 것 아닙니까."

"지금으로선 보다 정확히 설명해 드릴 방도가 없어서 죄송할 따름이에요. 그냥 흘려들으셔도 상관은 없어요. 허나 형제의 우애는 남기실지언정 바람의 사내만은 예의 주시하시길 바랍니다. 훗날 그는 바람의 재상이라고 불리게 될 거대한 인물이니까요."

"레인 디너즈가 재상 자리에 오르게 된다는 말씀입니까? 그는 분명 뛰어난 인재이지만, 나이도 젊고 재상의 그릇까지는……."

아르펜은 뺨을 긁적였다.

정보를 알려준다고 해서 상권이나 이런저런 실효적인 것인 줄 알았는데. 뜬금없이 점쟁이 마냥 미래를 예견하듯 이러다니…….

메를리니는 삐져나온 옆 머리카락을 어루만졌다.

"올해가 몇 년도였더라. 아마 그리 멀지는 않았을 거예요."

"폐하…… 아니, 아버님이 돌아가시고, 레인이 재상 자리에 오르는 날이 말입니까? 백 보 양보해서 당신의 말씀이 맞는다면. 다음 황위에 둘째 형님이 올라간다는 듯이 들립니다만. 그러한 것입니까?"

"앞으로 몇 년 안에 첫 번째 조건인 황제 폐하께서 승하하신다면, 아마도 그렇게 될 확률이 높겠죠."

아르펜의 등줄기에 식은땀이 맺혔다.

어디까지 믿어야 할지, 이대로 정말 믿어야 할지, 기껏해야 이번에 처음 조우한 왕태자비의 이야기를 계속 들어줘야 하는 것일지.

"조심해서 나쁠 건 없겠지요. 하나 그렇게 될 일은 없을 겁니다. 행여 조짐이 보인다면 제가 어떻게든 막을 것이니 말입니다. 더는 이 일로 왈가왈부하는 일이 없었으면 합니다. 메를리니 폰 루티아 왕태자비."

"너무 뜬구름 잡는 소리였죠? 그냥 세상을 좀 더 산 사람의 조언이었다고 생각해 주세요."

그게 더 난감했다.

아르펜과 메를리니의 연배는 그런 말을 나눌 정도의 차이가 아니었다. 아르펜은 얕게 한숨을 내쉬며 마지못해 고개를 끄덕였다. 그의 의중을 파악한 메를리니는 급히 화제를 전환했다.

이런저런 가벼운 이야기를 꺼내서 아르펜의 관심사를 돌렸다. 아르펜도 메를리니를 곤란하게 할 의향은 없었기에 얌전히 대화에 따랐다.

이후로 고민 없이 이것저것 만담을 주고받으며 밤을 지새웠다. 새벽녘에 겨우 잠이 든 두 사람은 점심 무렵에야 정신이 들었다.

슬슬 로데오의 결정이 내려질 시점이었다.

메를리니와 아르펜이 점심 식사를 즐기고 있을 즈음.

로데오가 부하들과 함께 찾아왔다. 그는 야기와 함께 메를리니 일행을 언덕 위로 안내했다.

지난날, 석양이 맺혔던 풍경도 좋았지만, 점심 무렵에 보는 경치도 황홀함을 안겨줄 만큼 아름다웠다.

메를리니는 농담조로 이곳을 관광지로 만들어도 되겠다며 우스갯소리를 늘어놨다. 물론 그녀의 말은 헛소리로 결론난 채 순식간에 묻혀들었다. 이내 민망했는지 헛기침을 흘렸다.

"흠흠. 그럼 본론에 들어가도록 하죠. 호위부대는 잠시 자리를 물러 주세요."

이르에와 유지니를 비롯한 주요측근들만 남은 채, 호위부대는 멀찌감치 거리를 두었다. 이르에들을 남겨 놓은 것도 만일의 사태에 대비한 것뿐이었다. 만에 하나 로데오나 야기가 태도를 돌변할지도 모르는 것에 대한 보험 정도.

메를리니는 은은한 시선으로 로데오를 바라봤다.

로데오는 험험, 목소리를 가다듬었다.

"내게 주어졌던 시간 동안 많이 생각해봤소. 곰곰이 가정해본 결과…… 왕태자비님의 말씀은 잘 알겠소. 하나 당신의 말씀을 따른다는 것은…… 즉, 우리가 황자님의 목숨을 노렸고. 그것이 체페트 상단의 사주였다는 결론이 돼야 하지 않소이까?"

"그렇죠."

"아무리 체페트 상단의 사주가 있었다한들 실행한 게 우리라면……."

로데오는 잠시 생각을 정리하고 다시 이어 말했다.

"그 분노가 가볍지 않을 텐데…… 아무리 왕태자비님이나 황자님께서 막아주신다고 하더라도. 우리는 어찌 됐든 제국의 황자를 노린 미친놈들이 되는 게 아니오?"

"맞아요."

"그럼 대체 어떻게 해 주시겠다는 것이오?"

순간 착각이었을까. 로데오는 메를리니의 표정에 어둠이 어린 걸 느꼈다.

"한 번만 더 냉정해져야 합니다."

메를리니의 목소리는 흘러나온 대사처럼 묵직했다. 그때까지도 로데오는 상황이 인지되지 않았다. 로데오가 뭐라고 더 물으려는 순간. 그의 옆에 서 있었던 야기가 무릎을 꿇고 고개를 숙였다.

"죄송합니다. 제가 눈치가 없었습니다. 왕태자비님께서 굳이 저를 데리고 다니며 상황을 인지시킨 이유가 이것이었군요."

야기는 절실함을 머금은 얼굴이었다.

메를리니는 씁쓸한 표정을 지었다. 그쯤 아르펜과 이르에 등도 눈치를 챘다. 로데오만이 영문을 모르겠다는 표정이었다.

메를리니가 천천히 입을 열었다.

"야기 치팍. 당신과 당신을 따라 목숨을 걸어야 할 이들에게 미안해요. 그 보답으로 충분치 못하겠지만 뒷일은 걱정 안 하셔도 됩니다. 당신들의 희생 가치가 덧없이 끝나지 않도록 약속합니다."

"어차피 그때 죽었어야 할 목숨들입니다. 그 시기가 잠시 늦춰졌을 뿐. 저도 그렇고 다른 녀석들도 미련 따위 없습니다."

"야기! 대체 뭔 소리냐? 알기 쉽게 설명해 봐!"

로데오가 성난 어조로 씩씩거렸다.

"로데오 두목, 왕태자비께서는 애초에 알고 계셨던 겁니다. 우리가 죽음을 각오했던 만큼 어떤 고문을 당하더라도 입을 열지 않을 거란 사실을. 그래서 다소 우회하더라도 해적섬까지 찾아오신 겁니다."

야기는 차분한 목소리로 말을 이었다.

"그래도 그녀가 밉지는 않습니다. 왕태자비께서는 이 섬에 살고 있는 식구들 모두에게 축복을 내려준 것이니 말입니다."

"서, 설마……."

메를리니가 아련한 눈길로 수평선을 바라봤다.

"그 설마가 맞아요. 단순히 습격을 했었다는 보고는 누구나 가능합니다. 거기에 증인과 증거가 있다면, 혹은 범인 그 자체가 있다면 이야기가 달라지죠. 야기 치팍이라는 이름의 부두목은 두목의 명을 어기고, 체페트 상단과 계획을 짠 것입니다."

"계획이라니……?"

"장차 자신이 두목의 자리에 오르기 위해서. 이 해역의 지배자가 되기 위해서. 그러나 왕태자비가 이끄는 함선들과 직면했다는 변수가 발생해 작전은 실패했습니다."

"……."

"애초에 의리 따위 없었기 자신들의 숨통을 위해 체페트 상단의 사주를 받았음을 실토하게 됩니다. 그러나 잔혹하게도 왕태자비와 황자가 얽힌 싸움터였고 그 범인들을 곱게 살려줄 만큼 다이헤르 제국과 루티아르 왕국의 분노는 쉬이 가시지 않았습니다."

"……."

"이것으로 체페트 상단은 몰락합니다. 아요로트는 루티아르 왕국 왕태자비의 지원 하에, 새로운 체계를 갖춰 랑기레 해역을 비롯한 왕국 남동부 해안을 누빌 것입니다. 로데오 선장, 이 점에 대해 이의 있으신가요?"

"……야기와 부하들을 버리는 것 외에는 방안이 없는 것이오?"

메를리니는 종목걸이를 꽉 쥐었다.

"버리는 게 아닙니다. 로데오 선장, 숭고한 희생이라는 좋은 말도 있답니다. 더는 그들의 의미를 저버리지 마시길 바랍니다."

술술 풀어댔지만, 이르에와 유지니는 메를리니의 가슴이 얼마나 쑤시고 있을지 짐작이 갔다. 그녀는 그렇게 냉혹한 여자가 아니었다. 어찌나 꽉 쥐었는지 종목걸이를 쥐고 있던 왼손에서 핏물이 흘렀다.

유지니가 황급히 손수건을 내밀었지만 받지 않았다. 메를리니는 아직까지 다 낮지 않은 오른손의 욱신거림과, 왼손에서의 고통. 모두를 감내할 생각이었다. 그조차도 너무 싼값에 치르는 대가였다.

그녀는 자신의 선택으로 사람이 죽고 산다는 게 너무도 싫었고, 또 슬펐다. 호위부대가 야기를 끌고 가는 모습을 지켜보는 동안에도 씁쓸한 감정만이 감돌았다.

문득 이곳에 오기 전, 배 안에서 떠올렸던 상념이 되새겨졌다. 만약 어떤 식으로든 시어머니한테 복수가 마무리된다면, 그 뒤에는 뭐가 남을 것인지…….

*　　　*　　　*

계획은 착오 없이 순차적으로 진행되었다.

체페트 상단은 상단주 포보크를 중심으로 패망의 길을 걸었다.

데레니아 왕비의 여섯 기사 중 한 명인 그랜달이 동행 중이었으나, 판도를 바꿀 여지는 없었다. 고작 상단 하나를 변호해 주기 위해 다이헤르 제국과 대립하는 건 비현실적이었다.

데레니아가 직접 나서도 해결할 수 있을지 미지수였다. 무엇보다도 포보크가 포르테 공작이나 그랜달에게조차 보고하지 않은 독단이 문제였다.

사실 포보크가 진작 그들에게 미리 보고를 했다면, 아무런 문제도 없었다. 두 사람은 당연히 포보크의 작전을 말렸을 테니까.

결국 말릴까 봐 자기 멋대로 진행했던 것이 돌이킬 수 없는 불행으로 다가온 것이다. 포보크는 아르펜이 에티로카에 당도하기가 무섭게 줄행랑을 쳤다. 그가 마리오에게 멱살을 잡힌 채로 끌려온 건 이틀 뒤였다.

로우 르 포르테 공작은 자신의 실책이었다고 인정하며, 아르펜에게 포보크의 신병을 인계 받았다.

그리고 다시 이틀 뒤, 포보크는 쥐도 새도 모르게 잔혹한 숙청에 처해졌다. 그렇게 낙동강 오리알 신세가 돼버린 체페트는 부분적으로 그랑디아에게 흡수당했다. 루티아르 왕국 남동부의 상권 계보가 뒤바뀐 것이다.

어지럽던 정황이 슬슬 정리가 되고.

메를리니는 자신이 바랐던 대로 루티아르 왕국 남동쪽

해역의 실질적 거두가 되었다.

그랑디아 상단과 아요로트 해적단의 협약으로 구성된 효과는 상당했다. 거기에 포르테 공작 가문이 발을 빼면서 에티로카를 비롯한 인근 영지도 알게 모르게 메를리니의 그림자로 가세하기 일쑤였다.

그렇듯 전개는 메를리니나 아르펜 모두가 만족할 만한 구도로 흘러갔다. 에티로카에서의 사건은 차질 없이 승승장구였다. 단 한 명을 제외하고는.

콰직!

나무 문짝이 우수수 뜯겨져 내렸다.

메를리니와 아르펜은 깜짝 놀라서 고개를 돌렸다.

얼굴이 붉으락푸르락, 잔뜩 화가 난 마리오가 씩씩거리며 걸어왔다. 그는 이성을 잃기 직전이었다. 양손에 불꽃과 얼음의 기운이 팽배하게 뿜어져 나왔다.

"적을 속이기 위해 아군까지 속인 거라고? 그걸 말이라고 합니까? 그딴 입에 발린 말 때문에 그랑디아의 젊은이들이 얼마나 희생당했는지 압니까?"

"예상 외였어요. 설마 당신이 해적섬을 오기 위해 그럴 줄은 몰랐거든요. 르나이아가가 보낸 서신만으로는 파악할 수 없는 변수였어요. 그 점에선, 결과론적이지만…… 미안하게 생각해요."

"……."

마리오는 당장에라도 달려들 것처럼 으르렁거렸다. 아르펜이 나서서 무어라 말렸지만 아랑곳 않고 성을 냈다.

르나이가가가 마리오를 제지했다.

"마리오, 그만하지 그래. 어차피 안 할 거잖아."

메를리니와 함께 유리 그림자 산맥을 나온 뒤, 이런저런 인간들을 겪으면서 르나이아가의 성질도 상당히 달라졌다. 더군다나 이번에 에티로카에서 단독으로 진행했던 임무로 더욱 변했다. 제법 인간들의 군상을 이해하는 수준이 되었다.

르나이아가의 말대로 마리오는 진짜 메를리니에게 해를 가할 생각은 없었다. 그도 이성을 저버리고 행동 할 정도로 미련하지는 않았다.

전해 들은 대로라면 메를리니와 아르펜이 벌인 계획은 비밀엄수를 해야 하는 작업이었다. 마리오 또한 정보가 없는 시점에서 당연한 행동이었으니, 사실상 양측 다 잘못한 건 없었다. 그저 상황이 그러했을 뿐.

"후우……."

마리오는 분을 삭이며 뒤로 물러났다. 마치 원망의 대상을 찾아 헤매다가 그 목적을 잃은 동물처럼 기운 빠진 몸짓이었다.

힘없이 방을 나서는 마리오의 뒷모습을 지켜보며 메를리니가 찻잔을 기울였다.

"아르펜 황자님, 뛰어난 분을 데리고 계시네요. 분노하면서도 대의를 위해 억제할 줄 아는 참을성을 보여주었어요. 무엇보다 르나이아가로부터 전해 들은 그의 진면모는 비상한 두뇌에서부터 비롯된다고 하더군요."

"측근의 무례에 죄송할 따름입니다."

"아뇨. 저는 한편으로는 부러운 걸요."

"예. 언젠가 상인왕이라 불리게 만들고 싶은 사내입니다. 제가 그렇게 만들어 줄 참입니다."

"상인왕이라…… 멋지네요. 기대해 보겠습니다."

"아, 참. 그러고 보니 지금 며칠이나 됐습니까?"

"글쎄요."

메를리니는 별 감흥이 없었다.

반면 아르펜은 갑자기 정신없이 발을 동동 굴렸다. 궁녀로부터 날짜에 대해 듣고선 더욱 안절부절못했다.

메를리니가 왜 그러시냐고 묻기가 무섭게, 함께 가야할 곳이 있다며 그녀의 양손을 부여잡았다. 이내 아르펜은 에티로카 지부 건은 마리오에게 맡기기로 하고, 수행원들을 시켜 배를 출항시켰다.

*　　*　　*

새까만 하늘 아래 자연의 조명은 달빛뿐이었지만, 주변의 모습은 제법 생생하게 비춰졌다.

덕지덕지 낙엽이 쌓인 지붕이 낯이 익었다.

본 적은 없었지만 그냥 익숙한 기분이 들었다. 메를리니는 눈을 빵긋 뜨고 주변을 인식해갔다.

엉덩이를 깔고 앉아 있는 그늘벤치도 낯설지 않았다. 온통 새빨간 지붕과 그 위를 뒤덮은 연갈색의 낙엽들도 익숙한 느낌이었다.

"흐음. 과연 그런 건가……."

들릴 듯 말 듯 작게 속삭이듯 중얼거리다가 메를리니는 뺨을 한 번 꼬집어봤다. 아프기만 하고 별다른 변화는 없었다.

그녀가 생각에 잠긴 듯 그러고 있는 와중에도, 주변은 왁자지껄한 인파로 가득했다.

혼잡함 속에서 유일하게 메를리니만이 평온했다.

"흐음. 슬슬 배가 고픈걸. 사피에에서는 게 요리가 그렇게 맛있지."

메를리니의 혼잣말이 끝나기 무섭게 궁녀가 게찜을 대령해 왔다.

"와, 맛있겠는걸."

빨갛게 익은 게 껍질을 뜯어내보니 하얀 속살이 드러났다. 한 입 베어 물자, 입 안으로 바다의 향이 올곧게 퍼져 흘렀다.

사피에에는 게 요리가 종류별로 다양했는데, 그중에서 게탕이나 게장이란 것은 별로 마음에 들지 않았다.

반면 게찜은 어찌나 맛있던지, 그녀의 게에 대한 편견을 송두리째 날려 버렸다. 소금과 특별한 향신료로 적절히 간을 한 게찜은 진한 양념이 없이도 그 특유의 맛을 뽐냈다.

게의 향긋함에 빠져 정신없이 먹어치우다 보니 메를리니의 뺨에 게살이 묻어났다. 그처럼 즐겁게 게살을 먹어치우던 메를리니의 손길이 불현듯 멈췄다. 그녀는 궁녀가 가져온 물 잔을 들이켜며 정면을 주시했다.

개방된 홀 형식의 소극장 무대가 열리기 시작했다. 각양각색의 배우들이 순서대로 나와 구경꾼들과 인사를 나눴다.

배우들 중에는 잘생긴 미청년에서부터 점잖게 늙은 배우
나, 귀족영애가 울고 갈 미모의 아가씨들도 더러 보였다.

어지간한 규모의 연극에서는 꾸릴 수 없는 수준이었다.
몇몇 주연배우는 연극관련 책자나 신문에 실리기도 하는
유명인들이었다.

메를리니는 궁녀가 챙겨온 물과 손수건으로 손을 말끔히
닦아냈다. 그래도 손에서 게 특유의 비린내가 완전히 가시
진 않았다. 코에 손을 대고 킁킁거리며 냄새를 맡아봤다.

"으으. 냄새……."

살짝 찡그린 얼굴로 무대를 지켜봤다.

이윽고 대부분의 배우들이 무대 뒤로 사라졌다. 남은 몇
몇의 배우들이 연기를 펼치자 환호성이 뿜어져 나왔다.

배우 두 사람이 자아내는 연극의 도입부는 꽤나 흥미진
진했다. 애절하게 사랑을 나누던 연인이 때로는 사소한 일
로 다투고, 금세 다시 사랑에 빠지는 그런 내용이었는데,
연기력만큼이나 세세한 내용이 재미있었다.

둘의 공연이 성황리에 끝을 맺을 즈음.

사회자가 나와 지난 무대에 대한 평가와 관객들의 호응
을 엿본 뒤, 다음 무대에 대해 간략하게 설명해 줬다.

"엣헴. 다음 무대는 본 공연의 하이라이트 중 하나! 여러

분이 기다리고 기다렸던 그분의 등장입니다! 자, 그럼 무대
이어 가겠습니다!"

사회자가 슬슬 뒷걸음질을 걷자, 무대 조명이 꺼지면서
그의 모습도 시야에서 사라졌다. 얼마 지나지 않아 깜깜했
던 무대 위로 빛줄기가 감돌기 시작했다.

무대의 가장 앞에서 보랏빛 제복을 입은 나팔수들이 웅
장한 하모니로 시작점을 끊었다.

바로 뒤로 큰 북의 묵직한 음률이 함께 울리면서, 다른
악기들도 줄줄이 뒤따랐다. 나팔수가 무대 위에서 빙글빙
글 돌자 뒤따랐던 이들도 빙빙 돌았다.

음률이 끝나는 부분부터는 가면을 쓴 이들이 서로의 장
기를 뽐냈다. 누구 하나 거를 것 없이 진귀한 솜씨들이었
다.

가면의 무대가 스르르 물러난 다음에는 모형 탑이 모습
을 드러냈다. 탑 주위로 얼굴에 분을 묻힌 배우들의 춤사위
가 연출됐다.

메를리니는 긴장과 흥분으로 다리가 후들거렸다.

그녀가 보고 있는 무대에는 아직 어린 듯 보이는 아이 배
우들도 몇몇 보였다. 아마 당찬 미래를 키워가고 있는 꿈나
무이지 싶었다.

무대 위에서 펼쳐지고 있는 연극의 내용을 보아, 그 주제는 사피에의 중심부에 건축 중인 영광의 탑에 대한 내용이었다. 메를리니는 기억을 더듬어봤다. 돌이켜 보면 슬슬 사피에에 영광의 탑이 만들어지는 시기였다.

슬슬 어린 배우들도 무대 뒤로 사라지고.

다시 조명이 꺼지면서 무대 위가 어두워졌다.

관객들도 조용히 무대를 지켜봤다. 은은한 분위기가 주변을 감도는 가운데.

멎었던 나팔소리가 다시 꿈틀대면서 무대 조명이 확 켜졌다.

무대 위로 누군가 모습을 드러냈다.

숨 죽여 있었던 관중 사이로, 메를리니의 목소리가 제일 먼저 울려 퍼졌다.

벌떡 일어나 소리친 메를리니의 눈동자는 정확히 무대 위를 가리키고 있었다.

무대 정중앙에 서 있었던 아르펜이 빙그레 웃어 보였다. 무대 테두리에 있던 악단이 잔잔한 음률을 키우자 아르펜도 음악에 몸을 맡겼다.

그는 천천히 또 진중한 몸놀림으로 무대 위를 누볐다. 악기들이 자아내는 음률이 거칠게 변하면 아르펜의 춤도 따라 격해졌다. 그의 머릿결처럼 보랏빛으로 물든 의상이 무대 위에서 휘날렸다.

이따금 아르펜은 부드러운 손길로 메를리니를 지목했다.

메를리니가 검지로 스스로를 가리키며 의아한 표정을 짓자, 아르펜이 고개를 끄덕였다.

"흠흠. 오랜만에 춤도 춰보겠는걸."

메를리니는 인파를 헤치고 앞으로 나아갔다.

이르에와 유지니를 필두로 호위병들이 그녀를 보호했다. 앞을 막고 있었던 사람들은 메를리니의 등장에 얼른 자리를 비켰다. 훤하게 뚫린 중심대로를 지나 무대 중앙으로 올라섰다.

한창 조용한 음악이 무대를 꾸미는 중이었다.

아르펜이 손을 내밀어 메를리니를 인도했다.

따각. 따각.

구두를 신은 두 사람의 디딤 소리가 무대 위를 가늘게 메웠다. 은은한 음악에 맞춰 주듯 둘의 움직임도 조용한 느낌이었고, 주변 관객들도 얌전히 두 사람의 모습을 지켜봤다.

루티아르의 왕태자비와 다이헤르의 황자가 만나 스스럼없이 연극무대에서 춤을 추는 장면이라니, 감히 그 누가 상상이나 했을까.

두 사람이 막 지나간 중앙 자리로 조명 하나가 더 밝혀졌다. 앳된 소년이 사뿐 걸어 나왔다. 소년의 고운 음성이 목덜미를 타고 흘러나오자 관중들이 탄성을 질렀다.

아이의 것이라고는 믿겨지지 않을 감미로운 하모니였다. 한편으로는 아이가 부르는 거라서 어른의 것과는 사뭇 다른 느낌이기도 했다.

관중들은 너나 할 것 없이 공연의 아름다움에 넋이 나갔다. 무대와 가장 가까운 곳에서 구경하고 있었던 유지니와 이르에도 입가에 미소를 담았다.

두 사람의 눈에도 메를리니가 즐겁게 춤을 추는 모습은 보기 드문 광경이었다. 평소 그녀는 행복해 보일 때도 알게 모르게 이유를 알 수 없는 무거움이 함께였으니까.

"이르에, 유지니. 너희 둘도 올라와."

그 말에 이르에가 끼고 있던 팔짱을 풀어 버렸다. 그녀는 어이없다는 표정을 지으며 메를리니를 쳐다봤다.

유지니도 마찬가지였다. 수많은 구경꾼들 앞에서 무투를 한 적은 있었지만, 이런 공연무대에서 춤을 춘다니…….

"하여간 고집불통들인걸. 내가 이래 봬도 너희 상전이란 걸 잊지 말도록."

메를리니가 무대 앞으로 뛰쳐나왔다. 그녀가 잡아끌자

유지니가 먼저 무대 위로 올라왔다. 뒤이어 이르에도 메를리니의 고집을 이기지 못하고 무대로 올랐다.

두 사람이 올라가 어설프게 춤을 추기 시작하자, 관중들도 뒤따라 올라섰다. 호위병사들이 어떻게든 막아내려고 안간힘을 썼지만 역부족이었다.

무대 위는 삽시간에 혼잡통이 되고 말았다. 그래도 최소한의 예의는 지키려는지 난장판을 만들지는 않았다. 무대의 주인공들과 일정 거리를 두고 춤을 추는 정도였다.

밤공기가 제법 차가웠지만 누구 하나 추워하는 사람은 없었다. 사람들이 가꿔낸 열기로 공연장과 인근이 벌겋게 달아올랐다. 무대 위에 오르지 못했던 관중들도 덩실덩실 춤을 추며 분위기에 빠져들었다.

멀리서 그 광경을 지켜보고 있었던 두 사내가 있었다. 달빛이 은은하게 떨어지는 구석 언저리에서 상운이 습관처럼 칼집을 매만졌다. 그의 옆에서 르나이아가가 손톱을 질끈질끈 깨물고 있었다.

상운이 의아한 얼굴로 물었다.

"르나이아가, 왜 그러십니까?"

"크으. 안 되겠어. 도저히 못 참겠어."

"저는 혼자 있어도 괜찮으니, 함께 즐기고 싶으시다면

주저 말고 가십시오."

"그게 아니야. 놀고 싶어서 그런 건 아니라고. 쿵."

연신 안절부절못하던 르나이아가는 이내 인파를 뚫고 무대 위로 달려갔다. 그는 순식간에 무대의 주목을 한 몸에 받을 만큼 신나게 날뛰었다.

그쯤 소식을 듣고 찾아온 기자들이 무대의 이모저모를 살피며 기사를 적어 내렸다.

이튿날, 대목을 장식할 기사의 내용들이 줄줄이 퍼져갔다.

루티아르의 왕태자비와 다이헤르의 황자를 중심으로 한 소문은 이튿날부터 줄기차게 세계로 뻗어나갔다.

이미 비밀리에 계획을 진행하려 했던 메를리니의 의도는 물 건너 간 뒤였다. 그러나 그 변수보다도 더 큰 변화의 축이 흔들리고 있음을, 메를리니는 아직 인지하지 못했다.

〈다음 권에 계속〉